VOYAGES
CURIEUX
D'UN
PHILADELPHE
DANS DES PAYS
nouvellement découverts.

PREMIERE PARTIE.

A LAHAYE,
Aux dépens de la Compaguie.

M. DCC. LV.

AVIS
DE L'ÉDITEUR.

LEs Relations que je donne au Public ont quelque chofe de fi furnaturel, que je me fuis cru obligé d'y ajouter les connoiffances particulieres que j'avois de l'Auteur. J'ai penfé qu'en les plaçant à la tête de cet Ouvrage, le Lecteur feroit plus difpofé à croire ; l'idée de la bonne foi & de la fincérité de celui qui a écrit ces Voyages, balancera les petits doutes qui pourroient peut-être s'élever de tems en tems.

J'ai vécu pendant dix ans de fuite avec M. de Richordie. La pureté de fes mœurs & fa candeur ne fe font jamais démenties ; il avoit le même génie, le même caractere, la même fimplicité que Gulliver, dont les voyages font fi répandus, & fur le compte defquels perfonne n'a formé le moindre foupçon. Auffi s'étoient-ils connus à Londres : ils s'aimoient beaucoup, & tandis que ce dernier a vécu, ils n'ont ceffé d'être en commerce de Lettres.

A ij

Les connoiſſeurs n'auront point de peine
à croire le portrait que je fais ici de l'Auteur, il s'eſt peint lui-même dans ſon Ouvrage : on voit qu'il eſt écrit avec une exactitude qui pourroit paſſer pour être trop
ſcrupuleuſe ; ſon ſtile ſimple eſt une preuve
qu'il ne cherchoit point à ſe faire valoir : la
naïveté avec laquelle il confeſſe toutes les
folies de ſa jeuneſſe, annonce combien il
étoit incapable d'en impoſer : tout caractériſe en un mot un homme digne de foi.

Je conviens que le ſtile n'eſt ni fleuri, ni
élégant ; il eſt chargé de quelques répéti-
tions ; un grand nombre de ſes phraſes ſont
liées mal à-propos par des mots qui ne ſont
preſque plus d'uſage, & qui rendent le ſtile moins léger : mais loin de corriger ces
irrégularités, j'ai voulu les conſerver, pour
qu'elles puſſent tout-à-la-fois rendre témoi-
gnage à la fidélité de l'Auteur, & à celle de
l'Éditeur. On peut les comparer à ces né-
gligences heureuſes qui font ſouvent reconnoître un original, & le diſtinguent d'une
copie dans laquelle on a pris ſoin de les éviter.

Le Roi d'Angleterre avoit exigé de M. de
Richordie, qu'il ne publiât point la découverte des nouveaux Pays dont il eſt ici men-

tion : celui - ci, efclave de fa parole, n'a
jamais pû fe prêter à ce que fes amis lui
demandoient ; ainfi il n'eft point étonnant
qu'il ait négligé de rédiger fes Relations dans
un ftile plus châtié. Il garda donc fes Ma-
nufcrits, tels qu'ils avoient été dreffés originairement ; c'eft-à-dire, dans les tems qui
ont fuivi immédiatement fon retour en Europe. Il m'en fit préfent quelque tems avant
de mourir, & me fit promettre de ne le point
nommer par fon nom de famille, quand même je ne les imprimerois qu'après fa mort.

Deux ans après que j'eus perdu cet ami,
je me propofai de rendre publics ces Mémoires. Je confultai des gens de Lettres ;
mais leurs obfervations fufpendirent l'exécution de ce projet. Bien des perfonnes,
me dirent-ils, regarderont cet Ouvrage,
moins comme une Relation véritable, que
comme une Critique qui vous attirera des
ennemis.

Ils avoient crû mal-à-propos y trouver
quelques noms qui paroiffoient être forgés
de deffein prémédité, & compofés de plufieurs mots Anglois, qui n'étoient que dé-
naturés ou déguifés par l'ortographe Françaife : ils ajoutoient à cela que leur raifon

A iij

nement étoit d'autant plus plaufible , que
dans la crainte qu'on prît le change , il fembloit que l'Auteur eut affecté par différentes tournures d'inférer dans fon Livre la
véritable ortographe Anglaife ; & qu'ainfi
tous ceux qui ne l'auroient pas connu , ne
manqueroient pas de lui imputer une malice
dont il étoit bien éloigné. Ils me faifoient
encore obferver qu'il y avoit mille chofes
dans cet Ouvrage qui fembloient être in-
croyables , & qu'on aimeroit mieux prendre pour des figures & des allégories , que
pour des vérités. Enfin , difoient-ils , il n'y
a prefque point de trait qui ne puiffe être
adapté à quelque état , à quelque portion de
nos mœurs , de nos ufages , fi l'on en ex-
cepte les endroits qui femblent n'être faits
que pour fervir de tranfitions , ou délaffer
le Lecteur ; & quiconque lira cet Ouvrage
avec cette prévention , trouvera la critique
la plus févere jufques dans les paffages qui
paroîtront à d'autres abfolument indifférens ,
& ne rendra point juftice à la candeur & à
la fincérité de l'Auteur.

. J'avoue de bonne foi, qu'ayant lu ce Ma-
nufcrit avec attention, je n'y ai rien vu qui
ait pu me fufciter ces réflexions ; & je ne

crois pas que ce foit l'effet de la prévention
en faveur du caractere connu de mon ami.
Il eft vrai que Richard, le Sauvage qui eft
venu à Paris en 1687, a été choqué de plufieurs ufages, & a attaqué quelques-unes de
nos maximes; mais fi non-feulement les propos d'un Sauvage ne doivent pas faire une
grande impreffion, j'ofe dire encore que
par-tout où fa critique porte à faux, elle y
eft fur le champ combattüe de maniere à
la faire tomber entierement, & à rendre juftice à qui elle appartient.

Les obfervations vraies ou fauffes de ceux
que j'avois confultés, m'arrêterent cependant jufqu'en 1751, que d'autres perfonnes de goût, & chargées par état de quelque
difcipline dans la République des Lettres,
m'affurerent qu'en donnant fcrupuleufement
au Public ces mêmes Relations, telles qu'elles étoient forties des mains de M. de Richordie, l'ingénuité du ftile feroit une preuve de la vérité des faits qui y font contenus :
ils me firent fentir qu'un Éditeur qui entre-
prendroit des corrections, & fubftitueroit
fes propres idées, deviendroit par-là caution
de tout l'Ouvrage, & obligé de répondre à
toutes les critiques qu'il pourroit éprouver.

Les raisons de ces derniers ont enfin vaincu la timidité que les premiers m'avoient inspirée ; ils m'ont déterminé à imprimer ces Mémoires avec toutes leurs irrégularités , & tels que je les ai reçûs de la main de l'Auteur.

On ne doit donc pas faire un crime, ni à M. de Richordie, ni à moi, de la négligence de son stile ; il a écrit ces Mémoires *currente calamo* , à mesure que les événemens lui fournissoient quelque sujet digne d'être conservé ; & dans la rédaction qu'il en a faite lui-même , il ne s'est proposé que de l'exactitude & de la fidélité par rapport aux circonstances : d'ailleurs, il a fait cet Ouvrage dans des tems où il ne lui étoit pas possible d'être plus correct ; il avoit perdu , pour ainsi dire, l'habitude de sa langue naturelle. Le nombre d'années consécutives qu'il avoit passées parmi des Nations sauvages , dont il étoit obligé de parler le langage , ne lui permettoient pas d'être familiarisé avec des tournures de phrases plus légeres, des expressions plus riches, un stile plus poli.

Ce que je viens d'exposer , détruit par avance un reproche auquel je m'attens. On

ne manquera pas de me dire que les réflexions que Richard fait dans son voyage de
Paris n'ont rien de neuf. A cela deux réponses : la premiere, c'est que ce n'est pas
moi qui les ai faites; ceci n'est pas une Critique, mais une Histoire. Ces réflexions appartiennent à l'ordre des faits. Je ne pour-
rois donc pas les supprimer, sans être infidéle : je dis plus, il faudroit retrancher le
voyage entier de Richard à Paris; car il ne
peut pas y venir sans voir ce qu'il a vu, &
penser ce qu'il a pensé. Tout cela d'ailleurs
étant lié avec la filiation des événemens sui-
vans, on verroit bien que l'Histoire seroit
tronquée, & on m'en feroit un crime. Ma
seconde réponse est, que si les vices sont
les mêmes, la critique doit être aussi la même. Ce n'est pas ma faute, si les hommes
ne se sont pas corrigés ; ils méritent toujours
qu'on les y engage. Salomon dit qu'il n'y a
rien de nouveau sous le soleil : ainsi, ceux
qui veulent du neuf sont bien à plaindre ;
ils ne doivent goûter aucune Piéce d'élo-
quence, aucun Livre de morale, aucun Ser-
mon; ils n'ont qu'a rendre les hommes sages, l'éloge de leur sagesse aura les graces
de la nouveauté.

J'ai penfé qu'on ne me fçauroit pas mauvais gré de mettre à la tête de cet Ouvrage
une efpece d'Épître Dédicatoire que l'Auteur avoit jettée fur le papier, dans un tems
où on le tourmentoit pour le faire imprimer, & à laquelle il n'a pas mis la derniere
main. Je n'ai point voulu y retoucher, afin
de ne m'écarter en rien de la fidélité dont je
me fuis fait une loi.

Je finirai, en priant le Public de vouloir
être bien perfuadé que nul motif d'intérêt
n'entre dans l'apologie que je viens de faire ; c'eft un tribut que la vérité me force
de payer à la mémoire d'un honnête homme,
& d'un ami univerfellement regretté de tous
ceux qui l'ont connu.

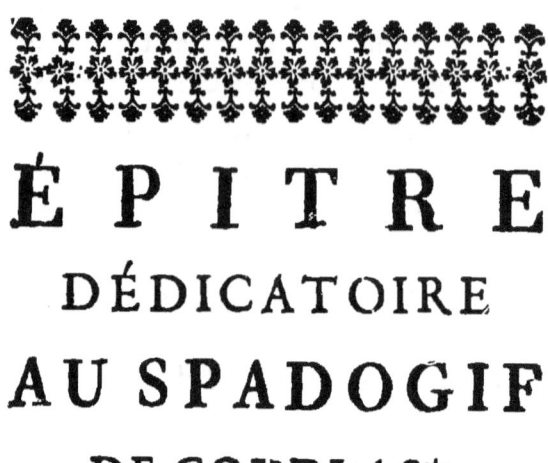

ÉPITRE

DÉDICATOIRE

AU SPADOGIF

DE GOUDLAS*.

*P*RINCE ET *AMI;*

J'*A I* pris la résolution de donner au Public la relation de nos Voyages : j'ai crû qu'il
pourroit tirer quelque utilité des traits excellens

---

* Le Spadogif est le Roi.

A vj

de morale qui font mêlés dans ces récits du vrai
simple & naïf de vos réflexions critiques, tant
fur une partie de nos mœurs, que fur des usa-
ges qui, tous étrangers qu'ils nous font, vous
ont fait mettre au jour des chofes admirables,
dont nous pouvons profiter.

Ce même Public fera peut-être furpris que
j'accole ici les titres de Prince & d'Ami ; mais
c'est qu'il ignore combien vous êtes perfuadé
qu'en devenant Roi, vous n'avez pas ceffé d'ê-
tre homme, que la vertu a confervé fur votre
cœur tous les droits qu'elle y avoit, & que vo-
tre dignité vous fait regarder un ami vertueux
comme un bien dont vous avez plus befoin que
jamais.

Que le Peuple Français, qui dans fon Mai-
tre ne voit qu'un Héros & un Pere, qu'un
objet d'admiration & d'amour, foit jaloux
des éloges qu'on donne à tout autre Prince, je
fens moi-même que ce fentiment eft naturel :
mais qu'il me permette de lui faire obferver
que votre gloire, quelque vraie, quelque gran-
de qu'elle foit, ne marchera jamais à côté de
celle des Bourbons.

D'ailleurs, en lui faifant voir une vertu
auffi folide que la vôtre, confinée & comme en

exil dans un pays si reculé, subjuguant les peuples les moins faits pour lui rendre hommage,
ce coup d'œil qui lui présente cette même vertu
dépouillée du faste & de l'éclat dont elle est ici
environnée, le met plus en état d'en connoître
la véritable valeur, & doit la lui rendre plus
chere dans la personne de son Roi.

Qu'on me laisse donc, cher Prince, vous
payer le tribut de loüanges qui vous est dû.
Fasse le Ciel que mon Lecteur puisse, comme
moi, se transporter en idée dans votre Royaume ! il ressentira toute la satisfaction que je
ressens, lorsqu'il y trouvera un Sénat, organe
de la vérité envers son Roi, organe de la justice
envers le peuple, & pour procurer le bien général, honoré de la confiance des deux. Sera-t'il
moins satisfait, ce Lecteur, lorsqu'il verra la
Religion, quoique malheureusement encore Ido-
lâtre, unie tellement à la constitution de l'É-
tat, que loin de former un corps qui en soit dis-
tinct & comme séparé, elle contribüe à affer-
mir l'autorité du Prince, à le faire respecter
au dehors, & à maintenir la paix au dedans ?
Que dira-t'il, quand il reconnoîtra combien les
Ministres de cette même Religion sont soumis à
leur Roi par principe, & se font un devoir de

donner l'exemple de cette obéissance , qu'ils ne
sont occupés que de leurs fonctions , & que res-
serrés dans les bornes d'une Jurisdiction nécessaire & relative à leur ministere , ils l'exercent
sous la protection d'un Roi juste , & sans mur-
murer contre les mesures sages & prudentes
qu'on a prises pour prévenir l'abus des pouvoirs
qui leur sont confiés ? Qu'ils sont heureux !
s'écriera-t'il , d'être rappellés si fréquemment
aux devoirs qui leur sont prescrits , & d'être
ainsi mis à l'abri des déréglemens du cœur &
de l'esprit , qui sont une suite infaillible de l'o-
pulence , du luxe & de l'oisiveté. Ne sera-t'il
pas touché de tant d'heureuses dispositions à
recevoir les vérités du Christianisme ? Quels
applaudissemens ne donnera-t'il pas encore à
cette divine harmonie qui subsiste entre le Chef
& tous les Membres du Corps politique de votre
État ? Pourra-t'il s'empêcher d'ouvrir les yeux
sur la véritable source du bonheur dont vos Sujets jouissent en paix , & d'avouer qu'ils en
sont redevables à la sagesse de vos loix , au
scrupule avec lequel vous craignez de vous en
écarter vous-même , à la persuasion où vous
êtes que vous leur devez l'exemple des vertus
que vous les obligez de pratiquer , & que la

juſtice eſt une dette que le titre de Roi vous a
forcé de contracter envers eux , & dont rien ne
peut vous affranchir ? Dès-lors ſon cœur vous
eſt acquis , & il n'héſitera point à vous donner
les mêmes éloges que vous recevez de moi.
Continuez donc, cher Prince , continuez d'être
ce que vous êtes : Dieu ne vous a établi Roi
que pour opérer par vos mains tout le bien qui
dépend de votre miniſtere : il vous demandera
compte de celui que vous avez pû faire , & que
vous n'avez pas fait. Ces vérités vous ſont connues, votre cœur en eſt pénétré , & je ſuis per-
ſuadé que vous ne les oublierez jamais. Hélas !
ce ſeroit le malheur le plus cruel qui pût vous
arriver. Le moment où vous commenceriez à
les perdre de vûe , ſeroit le moment où vous
donneriez entrée au déréglement des mœurs , à
la confuſion des autorités , au déſordre général , à tous les maux qui en ſont une ſuite iné-
vitable.

Je finis , cher Prince , en vous priant de permettre que ces Relations vous ſoient dédiées ;
c'eſt l'hommage que vous offre le cœur d'un
ami : ce titre eſt le ſeul qui puiſſe vous le rendre
agréable. Peut-être aurai-je le bonheur de
vous revoir : je le ſouhaite. En attendant ,

je prie Dieu qu'il vous donne des jours aussi longs que ceux que nous lui demandons pour notre Roi.

VOYAGES
CURIEUX
D'UN
PHILADELPHE
DANS DES PAYS
nouvellement découverts.

PREMIERE PARTIE.

_____

— CHAPITRE PREMIER.

Mariage de mon Pere. Histoire sommaire de ma Famille. On m'achette une Compagnie de Cavalerie. Après la mort de mon Frere on me fait Conseiller au Parlement. Avanture malheureuse qui m'arrive. Je rejette différentes propositions de mariage. Motifs qui me déterminent à vendre ma Charge.

J'ÉTOIS né d'un pere & d'une mere que la disproportion de la condition & de la fortune avoit assortis.

Mon grand-pere paternel avoit gagné de

gros biens affez rapidement. Il eut quelques défagrémens. L'envie d'augmenter ces mêmes biens, de mettre fa fortune à l'abri de toute révolution & de fe décorer, lui firent prendre le parti de marier mon pere avec une fille de qualité, dont la famille pût l'épauler de fon crédit. Une circonftance heureufe pour fon projet, lui en facilita bien-tôt les moyens. M. le Marquis de P... lui faifoit depuis trois mois une efpéce de cour. Mon grand-pere aimoit la table, & fe mêloit quelquefois de faire des chanfons.

Le Marquis de P... buvoit & mangeoit bien, trouvoit la chere délicate, & chantoit à table les chanfons de fon hôte : il y remarquoit un fel & une ingénuité qu'il ne trouvoit nulle part : ils furent bien-tôt amis au point de ne pouvoir fe quitter. Le Marquis fachant qu'on alloit faifir réellement une très-belle Terre qu'il avoit à douze lieues de Paris, engagea mon grand-pere à y venir paffer une huitaine de jours. Ma grand-mere & mon pere furent de la partie ; ils y trouverent le Marquis de P... avec fa femme & fa fille, qui étoit alors âgée de dix-huit ans. Quelques amis intimes du Marquis s'y rendirent auffi. On y fut fervi fomp-

tueufement. Les plaifirs de la pêche, ceux
de la chaffe, tous les amufemens poffibles
fe trouverent réunis. A peine avoit-on le
tems de défirer : on étoit prévenu fur tout.
Mon grand-pere trouva la table d'autant
meilleure, que c'étoit fon Cuifinier & fon
Officier qui étoient chargés de tout préparer, & aufquels on recommaudoit fort fouvent de fe conformer à fon goût ; & cela
afin que tout le monde le trouvât bon, parce
qu'il avoit le goût fin.

La fête fut troublée le troifiéme jour par
des Huiffiers impolis, qui vinrent groffiere-
ment procéder à la faifie, non-feulement de
la Terre, mais encore des meubles, parmi
lefquels fe trouva l'argenterie de mon grand-
pere, que l'on avoit empruntée, pour recevoir avec plus de diftinction plufieurs Sei-
gneurs qu'on attendoit. Comme il n'avoit
pas encore pris d'armoiries, quoiqu'il fût
Secretaire du Roi depuis plus de cinq ans, il
ne put empêcher que fa vaiffelle ne fût com-
prife dans la faifie. On reçut fon oppofition,
& l'on vouloit procéder au déplacement des
meubles, lorfqu'il fe propofa pour gardien,
& fut reçû. Le Marquis de P... vouloit fe
tuer : fes amis l'en empêcherent ; fa fille en

larmes, & dans la bonne foi, rempliſſoit la maiſon de ſes cris. Madame la Marquiſe étoit preſque évanouie. Enfin mon grand-pere, après s'être mis en regle pour ſon argenterie, entendit le bruit que cette ſcène faiſoit ; il s'y tranſporta. Les amis communs lui dirent qu'il n'y avoit que lui qui pût calmer M. de P... & l'empêcher d'attenter à ſa vie. En effet, par ſes bons Offices tous les Acteurs recouvrerent un peu de tranquillité. Je vivrai, lui dit le Marquis, puiſque ma vie vous eſt chere : jouiſſez du triomphe que remporte l'amitié la plus tendre. Mademoiſelle & Madame de P... vinrent faire leurs remercimens à leur Sauveur commun, & dépoſerent dans ſon ſein la crainte qu'elles avoient que le chagrin n'abrégeât les jours de ſon meilleur ami. Le ſoir, quand chacun fut retiré, M. le Comte de M... avec un de ſes couſins, entrerent dans la chambre de mon grand-pere ; ils commencerent à pleurer d'avance la mort prochaine du Marquis de P..., & de-là paſſerent aux moyens qu'il y auroit de le tirer d'affaires.

Le Comte de M... qui jouiſſoit de douze mille livres de rente que lui faiſoient ſes Créanciers, déclara avec une généroſité ſans

égale , qu'il étoit prêt d'engager toutes ses
terres pour rendre service à un galant homme qui devoit leur être si cher à tous. On
n'oublia point l'éloge de Madame & de Mademoiselle de P ... Enfin on sauta le bâton ,
& on implora tout net l'assistance de mon
grand-pere.

Pendant qu'on le haranguoit ainsi , il s'oc-
cupoit à fumer , & ne disoit mot : c'étoit
une ancienne habitude qu'il avoit prise étant
fort maigre , & qu'il avoit conservée parce
qu'il étoit fort gras. Sa pipe finie , il rompit
le silence , & dit à ces deux Messieurs : mes
amis , tout cela n'est rien ; si le Marquis
veut , j'arrangerai son affaire : de combien
est-il question ? Que doit-il ? Trois cent mille livres , répondit l'un d'eux. Diable , repliqua - t'il , c'est bien de l'argent. Mais
qu'importe , je n'ai qu'un fils unique , je
suis riche ; je ne suis pas un nigaud , & pour
peu que je vive encore . . . . tenez , en
deux mots , sa fille me plaît ; s'il veut la
donner pour mon fils , je me charge de tout.

Dès le lendemain , la négociation fut fort
avancée ; il ne s'agissoit plus que de déterminer Mademoiselle de P . . . , elle n'aimoit
point les Gens d'affaires , & elle n'avoit pas

une grande vocation pour le mariage , elle redoutoit les inconvéniens qui naiffent de la façon ordinaire dont ils fe contractent ; elle trembloit de former un engagement fi férieux , & d'être dans le cas de ceux qui fe prennent fans fe connoître , vivent enfemble fans s'aimer , & fe quittent fans fe regretter : mais elle avoit été fi frappée de la fcène , que fon trouble & fon obéiffance aux volontés de fon pere l'eurent bien-tôt décidée. Enfin , on ne quitta la campagne qu'après la célébration du mariage. Mon grand-pere en fut d'autant plus charmé, qu'il avoit appris peu de tems auparavant que fon fils s'étoit extraordinairement dérangé de toute forte de façons , & il fe flattoit que Mademoifelle de P... étant jeune , belle & vertueufe, fixeroit fon mari, & le ramene-roit de tous fes égaremens.

De ce mariage nâquirent quatre enfans ; mon frere aîné , moi, un troifiéme garçon , & une fille. Il y eut à la naiffance du pre-mier enfant des fêtes magnifiques en Ville pendant un mois. Lorfque ma mere fut re-levée , nouvelles fêtes à la campagne. Mon pauvre grand-pere qui avoit entaffé indigef-tion fur indigeftion , mourut, fans avoir eu

même le tems d'ordonner quelques legs
pieux qu'il avoit deffein de faire, fuivant
l'affurance que fon Confeffeur eut grand foin
d'en donner. Avant de mourir, il avoit obtenu l'agrément d'acheter un Régiment pour
fon fils ; on trouva même dans fes Régiftres
que ce feul agrément lui avoit coûté fort
cher. C'étoit précifément dans le tems que
l'on fe flattoit que les Traités de Munfter &
d'Ofnabruc nous rendoient la paix : mais la
guerre ayant continué entre l'Efpagne & la
France, mon pere, qui fe trouvoit avoir
beaucoup d'affaires fur les bras, quitta le
fervice, fans fe mettre en peine des brocards
que cette retraite lui attira. Ma mere n'ofa
plus s'y oppofer, dans la crainte que fes remontrances ne fuffent prifes en mauvaife
part ; elle en conçut tant de chagrin, qu'elle eut une groffeffe très-orageufe ; elle ac-
coucha de moi avant le terme, & je ne fus
confervé que comme par miracle.

Le tems qui s'écoula pendant les premieres années de ma vie n'eft pas bien intéreffant. Ma mere eut, comme je l'ai déja dit,
deux autres enfans. On ne négligea rien
pour notre éducation ; & dès que nous fûmes fortis de la premiere enfance, mon pe-

re, à qui la douceur de fa femme laiffoit toute l'autorité, décida de notre fort futur. Mon frere fut deftiné à la Robe, moi au Service, & mon cadet à l'état Eccléfiaftique.

Bien-tôt nos inclinations fe développerent, & malheureufement elles ne répondoient point à la deftination qu'on avoit faite de nous. Mon frere aîné n'aimoit que les exercices du corps ; fon Précepteur étoit obligé de faire lui-même tout ce que fon éleve avoit à faire. Pour moi, je réuffiffois auffi-bien que mon frere réuffiffoit mal. A l'égard du troifiéme, j'avoüe qu'il étoit effentiellement libertin.

Dès que nous fûmes en âge d'aller à l'Académie, on nous y envoya, mon aîné & moi feulement. Alors on me fit avoit l'emploi d'Enfeigne dans la Compagnie de M. de B..., avec l'agrément d'une Compagnie. Si-tôt que je me vis deftiné au Service, je renonçai tout-à-fait à l'étude, je ne m'occupai plus qu'à jouir des prérogatives de mon état.

A feize ans je fus fait Capitaine de Cavalerie ; & trois ans après on acheta à mon frere une Charge de Confeiller au Parlement. Nous n'avions pas l'un & l'autre atteint

teint l'âge de 21 & 22 ans, que nous devions de tous côtés des sommes très-considérables. On maria mon frere, qui reçut une grosse dot en argent comptant : sa femme sortoit du Couvent ; elle n'aimoit qu'à plaire, briller & se divertir. Cette conformité de goût avec son mari les mena fort loin en peu de tems.

Les affaires se dérangerent, la dépense ne pouvoit plus aller son même train : de-là nâquit un peu de froid de la part de la jeune femme, qui commença alors à faire un crime des débauches de mon frere. Cette froideur augmenta bien vîte ; car les sentimens de haine ou d'amour croissent assez promptement dans le cœur d'une femme. Mon frere de son côté s'en apperçut, & devint ombrageux ; ses soupçons tomberent sur un Officier, avec lequel il s'engagea un peu vivement. Cela occasionna un rendez-vous ; il eut le malheur d'y être tué.

A sa mort, il se trouva plus de 400000 liv. de dettes, y compris les reprises de sa femme ; ce qu'elle avoit apporté en mariage fut absorbé, & ma mere, à force de larmes & de prieres, obtint de son mari qu'on prendroit des arrangemens avec les créanciers

qui reſtoient à payer. Cela leur fit beaucoup
d'honneur, car mon frere ne laiſſant point
d'enfans, on pouvoit renoncer à ſa ſucceſ-
ſion, & ne rien payer, comme cela ſe pratique, quand les gens entendent leurs intérêts.

Cet événement fit craindre à mon pere
qu'il ne perdît ſon ſecond fils au ſervice;
malgré les inſtances de ma mere, il voulut
abſolument que je priſſe la Charge vacante.
Je fus donc inſtalé ſur les Fleurs-de-lys, à
mon grand regret : mais mon pere qui n'aimoit pas les armes, vouloit être obéi ; ma
Compagnie fut vendue ; il ne voulut jamais
la faire paſſer à mon frere : celui-ci avoit
déja pour ſix mille livres de Bénéfices qui
auroient été perdus. L'un & l'autre nous aurions fait d'auſſi bons Officiers, qu'il étoit
méchant Eccléſiaſtique, & moi mauvais Ma-
giſtrat ; non pas que je veuille blâmer en
général cette eſpéce de tranſmigration : ſouvent ces changemens d'état réuſſiſſent, & ils
réuſſiront toujours, lorſque dans le ſujet il
ſe trouvera des diſpoſitions qui n'étoient
point en moi.

Ma ſœur fut mariée grandement dans la
même année, & mon pere s'épuiſa pour ce

mariage, elle épousa le fils de M. le Duc
de ..., homme de la premiere qualité, &
parfaitement bien allié à la Cour. Ce jeune Seigneur qui cherchoit par-tout de l'argent pour payer un Régiment, & qui n'en
pouvoit trouver, parce que son pere étoit
obéré & connu pour tel, saisit avec avidité
cette occasion. La dot de ma sœur fut em-
ployée à payer le Régiment & les dettes du
Colonel, qui n'étoient pas peu de chose.
Au moyen de cela, la jeune femme fut rélé-
guée en campagne. Grande querelle entre
mon pere, le gendre & M. le Duc. Ces
deux derniers le prirent sur un ton si haut vis-
à-vis de lui, qu'ils lui firent essuyer mille
mortifications. Son cœur n'étoit point accoutumé à être humilié, il en conçut tant
de chagrin, qu'il en mourut. Ma mere qui
s'étoit opposée de toutes ses forces à ce mariage, & qui vouloit qu'on préférât un jeune Magistrat de bonne famille de Robe, ex-
cellent sujet, ne put survivre à tant d'afflic-
tions qui venoient l'assaillir coup sur coup.
J'eus le malheur de la perdre, & j'appris
cette triste nouvelle le même jour que je reçûs une Lettre qui m'annonçoit que ma
sœur étoit désespérée des Médecins; elle

avoit fait une fauſſe couche, & les débauches
de ſon mari avoient occaſionné une compli-
cation de maladies qui ne lui permit pas
d'en réchapper.

Dans l'examen que je fis de toutes ces affaires, je trouvai la dot de ma ſœur abſor-
bée, & point de biens libres pour la reprendre, tout étoit ſubſtitué, ou grévé d'hypo-
téques antérieurs au mariage. Enfin, mes
dettes payées, il devoit me reſter environ
cinquante mille écus, & à mon frere une
centaine de mille livres, qu'il eut bien-tôt
diſperſées. Quand je me vis dans cet état,
je ſongeai ſérieuſement à avoir de la raiſon ;
mais il m'arriva un malheur qui acheva de
me ruiner.

La ferme réſolution que j'avois priſe de
me retirer de la débauche, me porta à re-
chercher la bonne compagnie. J'étois encore trop jeune pour la choiſir avec diſcerne-
ment ; dupe des préjugés de mon âge, je le
fus de ce beau nom, & de l'illuſion qu'il
fait le plus ſouvent. Parmi les femmes qui
formoient ma ſociété journaliere, il s'en
trouva une dont le cœur étoit à l'uniſſon du
mien. Il eſt des coups de ſympathie contre
leſquels on ne tient pas : quoiqu'on ſe voye

d'abord sans aucun deffein particulier, elle n'en agit pas moins dès le premier moment; cachée au fond du cœur, elle s'y maintient en filence; fi elle parle, c'eft d'une voix fi foible, que fes ordres font, pour ainfi dire, plûtôt exécutés qu'entendus. En effet, qu'y a-t'il de moins réfléchi, de moins volontaire, que l'action de s'intéreffer tout-à-coup à quelqu'un qu'on n'avoit jamais vu, & de lui donner une préférence fur d'autres qu'on ne connoît pas davantage? L'effet du premier coup d'œil eft alors l'ouvrage d'une efpéce d'inftinct; le principe de cette détermination, fon exiftence même, tout eft myftere pour nous. Quand on doit aimer cependant, ce même effet, ce fentiment fecret eft le germe de l'amour : conçu, fans que nous le fçachions, dans le fein de cette fympathie, il s'y développe auffi fans notre participation; à peine fes premiers mouvemens fe font-ils fentir, que les douceurs qui précédent fa naiffance, charment nos ames, & endorment la raifon : il naît enfin au milieu des plaifirs; aux tranfports qui l'accompagnent, au trouble qui le fuit, il n'eft plus poffible de le méconnoître; mais déja l'yvreffe de nos fens nous laiffe fans défenfe, il ne nous refte de force que pour embellir fon triomphe , en le recevant à bras ouverts.

Telle fut la gradation des fentimens que Madame de T . . . & moi nous nous infpirâmes refpectivement : fon mariage étoit, comme celui de beaucoup d'autres, le réfultat d'une opération d'arithmétique ; elle n'avoit pour fon mari ni amitié ni haine , & cette indifférence la mettoit dans le cas de lui pardonner ce qui l'auroit fait méprifer par beaucoup d'autres femmes. Si d'un côté il paroiffoit peu propre au Sacrement , d'un autre côté ce petit défaut, qui n'avoit entré pour rien dans le calcul du mariage , fe trouvoit bien balancé ; une confiance aveugle en faifoit le contrepoids : je l'appellois alors le tréfor du ménage ; avec elle, difois-je , un mari a toutes les graces de fon état.

Je mis tout en œuvre , felon la pratique ordinaire, pour gagner l'amitié de M. de T . . . ; j'adoptai fon goût , fon fiftême , toutes fes manies, & je me reproche encore d'avoir groffi fes ridicules à force de les canonifer. Il en eft du mari d'une jolie femme, comme d'un homme puiffamment riche : pour peu qu'il foit un fot, on en fait bientôt un fat. Tel fut le fort de M. de T . . . , il devint insupportable à tout autre qu'à moi ; aussi ne pouvoit-il s'en passer.

L'amour, cette espéce d'embrâsement de tout notre édifice, ne put pas être longtems caché. Tous mes amis s'apperçurent bien-tôt de mon intrigue ; M. de T ... étoit le seul dans notre société qui l'ignorât ; l'idée qu'il avoit de la vertu de sa femme flattoit si agréablement son imagination, qu'il ne cessoit de vanter par-tout son bonheur. J'observai encore qu'il prenoit un plaisir vif & malin à publier toutes les petites avantures galantes de Paris, vraies ou fausses ; il les brodoit & les paraphrasât comme eût fait un dévot : enfin, il sembloit qu'il les plaçât ainsi sur la scène, pour que son sort trouvât dans la comparaison un nouvel éclat.

Que c'est à bon titre qu'on nomme l'opinion *la Regina mundi* ! est heureux qui croit l'être. Un malheur n'en est un, qu'autant qu'on le connoît & qu'il nous affecte. On peut donc dire que M. de T... avoit quelque raison dans sa conduite : son opinion l'empêchoit d'être ce qu'il étoit véritablement. Ami Lecteur, je connois le monde ; garde-toi de compromettre le repos de ta vie, en écoutant une curiosité toujours dans

gereufe ; travaille plûtôt fur ton opinion , &
forme là de façon , que ton bonheur ne dé-
pende que de toi, en ne dépendant que d'elle; c'eft le moyen le plus sûr de le mettre à
l'abri de tout danger.

M. de T... eut des affaires qui l'oblige-
rent d'aller pafler quelque tems dans une
Terre affez éloignée de Paris ; il me prefla
de l'y accompagner, & je ne me fis prier,
qu'autant que la belle amitié qui nous unif-
foit, pouvoit le permettre. On doit bien
penfer que Madame de T ... étoit trop pé-
nétrée de fes devoirs pour refter à Paris, tandis que fon cher mari feroit en Province un
voyage qui pouvoit être long : auffi ce bon
humain lui tint-il grand compte de ce facrifice ; en reconnoiflance , il lui fit préfent
d'un diamant de deux mille écus. Nous partîmes donc tous trois , bien réfolus de ne
point nous ennuyer dans le féjour que nous
comptions faire en campagne. De tous les
projets de mon ami , celui-ci fut le mieux
exécuté.

Quinze jours après notre arrivée dans fa
Terre , un ordre du Roi rappella à Paris
M. de T ..., & l'y retint trois mois : pour
nous, nous reftâmes à la campagne en at-

tendant fon retour. Que ne puis-je me dérober au fouvenir de ce tems de délire, &
enfevelir dans un éternel oubli des jours qui
furent bien moins nombreux que les folies
qui les fignaloient.

M. de T... à fon retour fut fêté comme
il le méritoit. Je fis fi bien mon compte au
fouper, qu'il fallut le porter coucher, & il
ne fe réveilla que le lendemain à midi, fans
aucun fouvenir de ce qui s'étoit paffé la
veille. Le Lecteur s'imagine aifément quel
parti Madame de T... tira de cette fcène
préméditée; elle trouva le fecret de lui perfuader qu'il avoit fait des miracles; nous ne
ceffâmes de lui tenir cent propos légers &
plaifans fur les effets merveilleux de fon
abfence. La chofe bien entendue, nous n'a-
vions pas grand tort; nos plaifanteries portoient fur des faits qui n'étoient malheureufement que trop vrais. Le mois fuivant nous
revînmes tous à Paris.

Sept mois après cette comédie, une chutte
ménagée à propos fur un efcalier, fit faire à
Madame de T... une fauffe couche de deux
gros enfans mâles. On ne peut exprimer les
allarmes que cet accident occafionna à fon
mari; tremblant également pour la mere &

B v

pour ceux qu'elle avoit mis au monde , fi ce
pauvre homme ne m'avoit pas eu pour le
calmer , l'inquiétude l'auroit fait devenir
fou. La bonté du tempéramment de Madame de T ... la tira d'affaire ; fa bonne con-
ftitution avoit auffi tellement influé fur le
double fruit qu'elle venoit de nous donner ,
que ces deux enfans avoient tout l'avantage
de ceux qui viennent à terme : auffi leur cher
papa fe flatta-t'il bien-tôt de l'efpérance de
les élever.

Nous étions alors au mois de Mai. Les
Médecins ordonnerent à Madame de T ...
d'aller prendre en campagne l'air & le lait,
afin de fe bien rétablir. Elle étoit dans une
pofition qui lui donnoit le droit d'exiger tout
de fon mari ; elle lui fit loüer une jolie maifon de campagne près de S. Clou , & nous
fûmes nous y établir , comme nous avions
fait dans fa Terre en Province. Le lait ne
peut réuffir , qu'autant qu'il eft pris gaye-
ment : en conféquence, grande compagnie ,
beaucoup de fêtes ; chaque jour étoit marqué par de nouveaux plaifirs. Jamais lait n'a
fait tant de bien que celui-là. Tendres époux,
qui êtes curieux de la fanté de vos femmes ,
fuivez cette méthode ; envoyez-les en cam-

pagne près de Paris avec leur ami & bonne
compagnie, elles y auront, comme on dit,
le lait de la premiere main ; je vous répons
que le fuccès furpaffera vos efpérances.

Le tourbillon des plaifirs eft à peu près tel
que le nuage qui porte le tonnerre : tous
deux brillent au loin, roulent à grand bruit,
préfentent un fpectacle intéreffant ; dans leur
centre eft caché le trait qui vous eft réfervé.
Madame de T... jeune, charmante à tous
égards, tenant à Paris une groffe maifon,
avoit toujours reçû chez elle les gens du premier rang. Les Petits-Maîtres de la Cour
lui avoient déja livré mille affauts, ils la regardoient comme une conquête digne de les
immortalifer. M. le Marquis de ..., homme de grande maifon, profès en efcroque-
ries de toute efpéce, fe mit fur les rangs ;
il poffédoit plus que perfonne l'art des petits foins fi recommandés par Ovide, le dé-
bit des petits riens que la douceur du ton fait
valoir : le jeu des petites minauderies qui
plaifent par un préjugé pour l'air de Cour ;
il favoit à propos & tour-à-tour faire valoir
fon crédit & les maximes du galant homme ;
jouant l'important avec adreffe, il féduifoit
par cette foupleffe, qui caractérife fi bien

quelqu'un dont il faut fe défier.

On peut bien penfer qu'avec tant de talens , & un extérieur avantageux fans af-
fectation apparente , le Marquis de . . . étoit
la coqueluche de toutes les femmes du bon
ton. Madame de T... , éblouie de l'éclat d'un
triomphe fi beau, eut à combattre fon orgueil & fon ambition. La femence de ces
vices eft dans nos cœurs; elle germe & pouf-
fe très-promptement dès que les circonftances des tems le permettent. Cette femme,
fans expérience, ne voulut d'abord que ménager fa nouvelle conquête, & conferver
ainfi, foit pour fon mari, foit pour fa famille, ou fes amis, le crédit qu'elle efpéroit
que cela pourroit lui donner. Mais M. le
Marquis, peu accoutumé à être réduit à l'efpérance pour toute nourriture, la mena
plus loin qu'elle ne s'étoit propofé; de maniere, que pour concilier le tout, elle trouva le fecret de me lier de confiance & d'amitié avec cet ennemi commun : elle eut même d'autant moins de peine, que je ne pouvois pas ignorer qu'il ne ceffoit de chanter
mes louanges. Le fcélérat ! il favoit bien que
c'étoit le moyen de plaire davantage à celle
qu'il vouloit tromper, & il étoit fûr de me

mettre bien-tôt hors de combat.

En effet, ce M. le Marquis, qui avoit jetté fon plomb fur moi, auffi-bien que fur Madame de T..., trouva le fecret de m'embarquer dans une partie de jeu avec lui; il me gagna cent mille francs, avec une nobleffe & une dignité qui m'auroient empê-ché de regretter cette perte, fi elle ne m'a-voit pas ruiné.

A peine ce coup mortel m'eut-il été porté, que Madame de T.... & moi nous apprîmes quelle efpéce d'homme étoit ce Seigneur. Cette inftruction qui nous fut donnée trop tard, ne fervit qu'à redoubler mon défefpoir, en aggravant à mes yeux ma fottife & mon aveuglement. Il n'en fallut pas moins vendre & payer. J'eus beau tâcher de dérober ma douleur à celle qui ne cherchoit qu'à la partager; elle favoit la pofition de ma fortune; les fuites néceffaires de cet événement fe préfentoient d'elles-mêmes à fon efprit; elle pénétra le fond de mon cœur, & ce qu'elle y lut, lui rendit fon véritable ami plus cher encore qu'il ne l'avoit jamais été.

Dans le même tems, la petite vérolle emporta les deux jumeaux dont j'ai parlé. Madame de T... ne tint pas contre deux cha-

grins fi violens, elle tomba malade, & au
bout de huit jours elle mourut dans mes bras.
Quel cruel fpectacle ! quel coup de foudre
pour un jeune homme de mon âge ! perdre
tout à la fois fa maîtreffe, fon bien, fon
état, & par conféquent fon honneur ! Si cet
événement étoit de nature à pouvoir être oublié, les difcours que cette pauvre femme
me tint en mourant, feroient capables de
les graver pour toujours dans ma mémoire.
Cher ami, me dit-elle, vous voyez une
femme dont l'ame ne fe reffent point de la
fituation du corps, il femble même qu'elle
s'en foit déja féparée, pour s'élever au-deffus
de toutes les foibleffes dont il a été le principe. Je touche à mon dernier moment : le
voile de l'illufion eft déchiré : mes yeux prêts
à fe fermer pour toujours, femblent s'ouvrir pour la premiere fois : loin que la mort
m'effraye, je ne vois en elle que le reméde
à des maux que j'ai mérités ; je la reçois
comme un préfent du Ciel, & fi je me plai-
gnois, ce feroit de ce qu'il ne me l'a pas en-
voyée plutôt ; je mourrois du moins fans la
douleur d'avoir plongé dans les chagrins les
plus cruels l'homme le plus digne d'être heureux : l'horreur de cette idée va me fuivre

jufques dans le tombeau : fi mon crime ne
peut s'effacer par la violence du répentir,
cette idée feule fuffira pour faire mon fup-
plice. Cruel aveuglement ! fans lui je n'aurois emporté que mon amour & vos regrets :
mais je n'en fuis plus digne ; connoiffez toute l'énormité de ma faute. Enyvrée d'une
fauffe gloire, féduite par l'orgueil & l'ambition, une foibleffe honteufe qui faifoit
outrage à votre délicateffe, m'a fait fervir,
fans le fçavoir, d'inftrument à votre perte.
L'aveu que je vous fais n'eft pas pour obtenir un pardon que je ne mérite point, je
vous le dois, cet aveu, pour vous rendre
du moins le fervice d'arracher de votre cœur
le germe de ces mêmes regrets qui feroient
déplacés vis-à-vis de moi. Ne pouffez pas
les chofes cependant jufqu'au point de me
haïr : plaignez-moi feulement, parce que
je refpire encore, & qu'un effort de la grandeur de votre ame vous faffe recevoir avec
bonté mon dernier regard & mon dernier
foupir. A ces mots, elle expira : mais heureufement il ne me refta pas affez de force
pour fentir alors ce que j'étois.

Quelques-uns de mes Confreres ayant appris mon accident, formerent la réfolution

de me marier, pour m'aider à foutenir mon
état : ils ignoroient à quel degré ma fortune étoit diminuée ; il me reftoit ma Charge, & une maifon à Paris louée fix mille
livres, fur lefquels effets je devois cent cinquante mille francs : il eft vrai que je pouvois cacher ces dettes ; mais j'étois imbu de
principes qui ne me permettoient pas d'a-
voir une probité de fyftême.

Quelque tems après cette trifte avanture,
on me propofa un très-riche parti. On m'a-
voit annoncé au pere de la Demoifelle comme un homme qui jouiffoit encore d'environ cent quatre-vingt mille livres de bien-
fonds en deux articles ; il offroit douze mille
liv. de rente, cinquante mille francs d'argent
comptant, les diamans & le trouffeau. Outre cela, il y avoit de très-groffes efpérances après la mort du pere. Mais dès qu'on
me vint faire cette propofition, voici quelles furent les obfervations que je fis à l'ami
qui en étoit le porteur : » Forcer un hom-
» me à vous donner fa fille & fon bien, eft
» une action abominable aux yeux de Dieu
» & aux yeux des hommes : employer la
» fauffeté pour furprendre fa volonté, fera-
» ce une action moins criminelle, moins

» honteuſe ? Je ne le crois pas , diſois-je ;
» car la violence n'eſt pas plus contraire à
» la juſtice , que la fauſſeté l'eſt à la vérité ,
» ou qu'un homme qui trompe , l'eſt à un
» honnête homme : j'oſe dire même que
» ce dernier crime eſt plus puniſſable ; non-
» ſeulement il fait le même effet que le pre-
» mier , mais il renferme encore un abus
» de la confiance & de la bonne foi des au-
» tres , & il eſt d'autant plus dangereux,
» qu'on peut moins le parer : auſſi voyons-
» nous que dans nos mœurs les loix traitent
» avec bien plus de rigueur les délits contre
» leſquels on ne peut être en garde. Le vé-
» ritable état de mes affaires ne me permet
» donc pas d'écouter vos propoſitions , ſans
» me rendre plus coupable , que ſi j'em-
» ployois la violence pour arriver au même
» but : d'ailleurs , à quoi cela me ſerviroit-
» il ? Une femme qui apporte une groſſe
» dot , veut faire une groſſe dépenſe , elle
» y eſt accoutumée , ſon goût naturel ; l'e-
» xemple , les conſeils de ſes amies lui font
» voir avec chagrin l'œconomie de ſa mai-
» ſon ; ſon amour propre ſe trouve bleſſé,
» de ne pouvoir prendre le même vol que
» les autres femmes de ſon rang : on accuſe

» son mari d'avarice, de manquer d'égards
» & d'amitié ; les reproches occasionnent
» bien-tôt la désunion ; la guerre ainsi dé-
» clarée, elle entraîne sa famille dans son
» parti ; on vous dit froidement qu'il faut
» soutenir son état, qu'on vous a donné assez
» de bien pour entretenir votre femme sur
» un certain pied ; bien-tôt vous voilà brouil-
» lé avec elle & ses parens : si vous faites
» voir que la situation de vos affaires ne vous
» permet pas d'en faire davantage, on se
» plaint que vous avez trompé, & votre excu-
» se ne sert qu'à mettre plus de chaleur dans
» les esprits, & plus d'aigreur dans les procé-
» dés. Arrive enfin le moment où votre
» fourberie démasquée, loin de vous être
» utile, retourne à votre confusion. Je ne
» vous trace ici qu'un léger crayon de tous
» les inconvéniens que cela traîne après soi.
» A Dieu ne plaise que je m'y expose ja-
» mais, & que je me mette de propos dé-
» libéré dans le cas d'avoir quelque chose à
» me reprocher : c'est le seul malheur réel
» qui puisse nous arriver.

On sent bien que mon ami ne revint pas à
la charge pour le même objet : mais deux
jours après j'eus un nouvel assaut. La même

perſonne me propoſa un autre parti, & me dit tout naturellement qu'il avoit mis la mere de la Demoiſelle au fait de la ſituation de mes affaires, & qu'ainſi je ne tomberois dans aucun des inconvéniens que je lui avois ſi bien repréſentés. *Je gage,* lui répondis-je, *que c'eſt Mademoiſelle de B . . . dont vous voulez me parler; ſa mere a beaucoup de bontés pour moi, je la connois fort particulierement, ainſi que ſa fille. Je ne veux point me marier.* Mon ami entendit bien ce que ma réponſe vouloit dire, & me preſſa de m'expliquer, ſe flattant qu'il détruiroit les raiſons qui faiſoient naître ma répugnance. J'entrai donc dans le détail, & je lui dis : » Convenez » que le dernier but de toutes nos actions, » eſt de nous rendre heureux : ainſi, je ne » ferois pas ſage ſi j'allois, avec connoiſ- » ſance de cauſe, en faire une qui me » rendroit certainement malheureux. Je » crois que lorſqu'un homme ſage penſe à » ſe marier, il doit moins conſulter le goût » paſſager des ſens, qu'un aſſemblage de » vertus qui ſoient concordantes avec ſes » inclinations. Le mariage doit être une » union pour la vie; nos deux ames, nos » deux cœurs ne doivent être qu'une ſeule

» ame, qu'un seul cœur ; par conséquent ;
» il ne faut point donner ce nom à un assor-
» timent où l'on trouve mille choses qui
» rompent cette unité ; & c'est le cas que
» vous me proposez.

　» En vain croirez-vous me tenter par l'é-
» clat de la fortune : encore une fois, si je
» l'achette par le malheur de ma vie, je fais
» une folie sans égale : on me comparera à
» un homme à qui l'on offriroit cinquante
» mille livres de rente, à condition d'être
» toute sa vie aux Galeres ; seroit-il blâmé
» de les refuser ? Non certainement. Eh
» bien, mon cher ami, voilà mon espéce ;
» Mademoiselle de B . . . est jeune & jolie,
» cela est vrai, mais je ne connois personne
» qui aime tant à plaire, qui soit plus ab-
» solue dans ses volontés, plus inconstante
» dans ses desirs, plus haute, plus empor-
» tée, plus esclave de la mode, plus folle
» des plaisirs : sa mere qui l'adore, l'a per-
» due en couronnant les caprices de cette
» jeune personne; elle ne peut pas garder
» une amie trois mois, elle se brouille avec
» tout le monde ; voilà son portrait en deux
» mots, il est diamétralement opposé à mon
» caractere ; avec une femme de cette sorte

» je ne vivrois pas huit jours en paix ; je suis
» trop vrai pour approuver ses défauts, &
» la qualité de mari m'interdiroit la voie de
» la remontrance ; ses sottises seroient pour
» moi à chaque moment un nouveau sup-
» plice ; bien-tôt elle me reprocheroit la
» fortune que je tiendrois d'elle ; & si elle
» traite avec tant de fierté des personnes qui
» ne lui doivent rien, comment agiroit-elle
» donc vis-à-vis d'un mari qu'elle croiroit
» lui devoir tout ? Pour me livrer sérieuse-
» ment aux devoirs de mon état, je serois
» forcé d'embrasser un genre de vie incom-
» patible avec le sien ; nous ne pourrions
» plus vivre ensemble, être l'un avec l'au-
» tre. Les idées que j'ai du mariage ne me
» font voir dans ce tableau que ce qui me
» rendroit le plus malheureux des hommes.
» Me conseillez-vous de l'épouser ?

Mon ami étoit un honnête homme : notre
entretien ne dura pas long-tems ; il convenoit, comme moi, qu'une partie de nous-
mêmes ne peut être heureuse, si l'autre ne
l'est pas, & que la paix & l'union font un
bien que rien ne peut pas payer.

Sur ces entrefaites, mon frere l'Abbé, qui
avoit su ma cruelle avanture, & qui

avoit trouvé le secret, par le ministere d'une femme, d'accrocher encore un bon Prieuré de six mille livres de rente, donna à rente viagere le peu de bien qui lui restoit ; il vint me trouver, & m'offrit fort obligeamment sa maison, en lui payant quinze cens livres de pension pour moi & un domestique; m'ajoutant qu'il ne pouvoit faire d'avantage, parce que le bien d'Eglise dont il jouissoit, étoit aux pauvres, & qu'il croyoit en conscience ne pouvoir pas le détourner au profit de sa famille. Je lui répondis que je le sçavois bien libertin, mais que j'ignorois qu'il poussât la scélératesse jusqu'à l'hypocrisie, & l'oubli des sentimens de la nature. Mon Casuiste sortit.

Cette circonstance me détermina à prendre un parti violent : je vendis ma maison, ma charge, mes meubles, à la réserve de quelques Livres; tout me paroissoit à Paris un objet d'ennui & d'humiliation : mon amour propre étoit d'autant plus blessé, que j'avois à me reprocher tous les déréglemens de ma jeunesse, & que je ne pouvois pas cesser de me regarder moi-même comme l'auteur de tous mes maux.

Dans cette position, je formai la résolu-

tion de m'éloigner de tous ceux qui pouvoient être témoins de mon infortune ; je
me déterminai à m'embarquer avec une trentaine de mille livres qui me reſtoient , de réparer toutes mes pertes, ou de mourir à la
peine : Le pis-aller, diſois-je, eſt de ne pas
réuſſir , je ſerai ſûr du moins de cacher ma
honte & mon deshonneur ; & ſi quelque accident me ravit le jour , je ne regretterai
rien , puiſque je n'ai rien à regretter : n'eſt-
ce pas un bonheur de mourir , quand on ne
peut plus vivre heureux ?

CHAPITRE II.

Je quitte Paris. Je paſſe à Londres. Fripon-
nerie d'un Réfugié qui acheve de me rui-
ner. Je m'embarque pour la nouvelle Hol-
lande. Mon nauffrage. Mon arrivée dans
l'Iſle de Wayſerdanos. Mes premieres avan-
tures dans cette Iſle.

JE quittai Paris, ſans prendre congé de
personne, & je me rendis à Nantes,
où je reſtai deux mois ſous le nom de Che-
valier de Richordie. Je compoſai mon nom
de trois mots Anglais, qui ſignifient *Riche*
ou mourir. J'avois appris quelques mots de
cette Langue, par la ſuite des liaiſons que
j'avois eu à l'Académie avec un Anglais qui
y montoit dans le même tems, & qui étoit
à Paris avec ſa mere & une ſœur extrêmement jolie. Dès que je quittai Paris, je pris
le deſſein d'écrire toute ma vie; il ſembloit
que je prévoyois que la matiere ſeroit fort
ample.

D'abord je m'embarquai pour Londres
que j'avois envie de voir : j'y fis paſſer quelques

ques marchandifes, fur lefquelles, faute d'ê-
tre au fait du commerce, je perdis quelque
chofe. Je fis connoiffance avec un François
qui me témoigna de la bonne volonté ; fon
nom étoit Duvolin, il étoit originaire Nor-
mand ; fa franchife me charma d'abord, l'a-
mitié qu'il me témoigna me féduifit : je m'i-
maginai qu'un homme qui quitte tout pour
la Religion qu'il croit bonne, ne peut être
qu'un honnête homme ; d'ailleurs Duvolin
paroiffoit opulent, & felon le fyftême affez
général de mon pays, je me décidois fur le
compte des hommes, comme les ignorans
fe décident fur les tableaux, ils en jugent ordinairement par la bordure. J'acceptai un lo-
gement chez lui, & bien-tôt il eut toute ma
confiance. Je tâchai pendant mon · féjour à
Londres de me perfectionner dans la Langue
Angloife. Le Maître que je pris, me lia avec
un Anglais qui étudioit le Français : nous
nous inftruifions réciproquement : c'étoit un
homme qui avoit toute la fagacité & tout le
bon fens poffible.

L'envie de faire fructifier mes fonds qui fe
confommoient tous les jours, & la confiance
que j'avois dans le fieur Duvolin, me fit ac-
cepter un parti qu'il me propofa : je les lui

I. Part.　　　　　　　　　C

confiai ; il promit de me les faire rentrer trois mois après, avec vingt pour cent de bénéfice ; il faifoit paffer en France des marchandifes de contrebande. La reconnoiffance qu'il me donna en français, portoit que je lui avois confié 24000 livres , pour être employées en marchandifes fur le Vaiffeau le Prince de Galles , allant en France. Ma façon de penfer fur fon compte ne me permit pas de prendre d'autres précautions.

Le Vaiffeau arriva fort heureufement. Le fieur Duvolin fit revenir fes fonds par la voye d'un Vaiffeau Hollandais , & il fit employer les miens en vins & ceux-de-vie, qu'il voulut faire entrer en Anglet... . Comme je m'étois entierement repofé fur lui , fon plan étoit de frauder les droits d'entrée qui font fort gros , dont il auroit fallu lui tenir compte. La charge fut furprife & confifquée ; & comme les Lettres étoient expédiées en mon nom ; je fus forcé de perdre le tout , fans pouvoir recourir contre Duvolin.

Le fieur Wankel , l'Anglais dont j'ai déja parlé, à qui je contai mon malheur , y fut fort fenfible , & malgré ma douleur, il ne put s'empêcher de me reprocher ma facilité, ou plutôt mon aveuglement. » Quoi ! me dit.

» il, un homme fenſé peut-il ſe fier à une
» perſonne qui n'a pas rougi de trahir ſa Re-
» ligion ? pouviez-vous eſpérer qu'un hom-
» me de cette eſpéce reſpecteroit davantage
» les engagemens particuliers qu'il contrac-
» te ? « Je ſentis ma faute, mais trop tard ;
je voulois que Duvolin m'en fît raiſon :
M. Wankel m'en empêcha, par l'aſcendant
qu'il avoit pris ſur moi, & par ce qu'il me dit
de la rigueur des loix de ſon pays contre une
telle action ; il m'enmena chez lui, y fit apporter mes petits meubles ; & après m'avoir
gardé un mois, il me fit recevoir en qualité
d'Ecrivain ſur un Vaiſſeau Anglois qui alloit
faire voile pour la Nouvelle Hollande. En
partant, il me fit préſent d'une bourſe de cent
guinées, que j'employai, par ſon avis, à acheter quelques marchandiſes.

La généroſité de M. Wankel fut une reſſource d'autant plus heureuſe pour moi, que
le Capitaine Roſwick qui m'embarqua, étoit
de ſes intimes amis, & parloit aſſez bon Français ; il promit d'avoir pour moi toutes ſortes d'égards, & quoiqu'il l'eût promis un peu
froidement, il tint parole.

C'étoit le 24 Mars 1678 que je m'embarquai pour la Nouvelle Hollande. J'avois alors

C ij

26 ans & demi. On me permettra bien, après
l'aveu que je viens de faire de toutes mes fot-
tiſes, de dire que j'étois d'une taille avantageuſe, grand, bien fait & vigoureux. Il n'y
avoit dans le Vaiſſeau que le Capitaine qui
fût d'un pouce plus grand que moi ; auſſi avoit-
il cinq pieds dix pouces de haut.

Notre traite fut aſſez heureuſe pendant trois
mois & demi : nous doublâmes le cap de
Bonne-Eſpérance le 12 Juillet ; après quoi un
vent de N. N. Oueſt nous fit paſſer bien-tôt
à la vue de l'Iſle d'Amſterdam ; par les 36 dégrés de latitude & les 85 de longitude. Mais
le vingt-cinquiéme jour du même mois il s'é-
leva un vent d'Oueſt ſi violent, que quoiqu'il
portât en route, le Vaiſſeau démâta de tous
mâts ; & après avoir été pendant neuf jours
le jouet d'une affreuſe tempête, nous nous
trouvâmes chaſſés vers les 26 dégrés de latitude & les 125 de longitude, où ſe devoient
trouver, ſelon nos Cartes, la Nouvelle Hollande & les terres la Concorde. Cependant,
ſoit qu'elles y ſoient mal placées, ou qu'elles ſoient précédées de quelques Terres in-
connues juſqu'alors, tous nos calculs nous furent inutils, il ne nous fut pas poſſible de
nous déterminer ſur la route qu'il nous falloit

tènir ; d'ailleurs l'Equipage étoit abfolument épuifé, & il ne nous reftoit, pour ainfi dire, que la carcaffe de notre Vaiffeau. Enfin, le fixiéme jour, fur le midi, nous fûmes furpris par des courans d'une rapidité finguliere ; & étant hors d'état de réfifter à leur violence, nous prîmes le parti de nous y abandonner.

Dès la pointe du jour, un Matelot cria, *Land*, *Land*, qui veut dire Terre, Terre ; on jetta l'encre, le Capitaine me fit defcendre dans la chaloupe, avec un Lieutenant & fix hommes, pour aller reconnoître ce que nous voyions : nous n'en étions pas à une demi-lieue ; mais comme le Ciel étoit fort couvert, on ne pouvoit rien diftinguer à cette diftance ; nous eûmes toutes les peines du monde à gagner le rivage. Au moment que nous y touchions, un coup de vent nous fit couler bas.

De huit que nous étions, je fus le feul affez heureux pour gagner terre, quoique je fuffe chargé de mon fufil que j'avois en bandouliere, de ma cartouche, de mon fourniment, de mon fabre & de mon piftolet de ceinture. Ce coup de vent avoit été fi violent, qu'il avoit rompu les cables qui tenoient le Vaiffeau à l'encre, & dans moins d'une demie-

C iij

heure les courans & le vent le firent échouer
contre un rocher à fleur d'eau , où il fut mis
en piéces.

J'eus la douleur d'être témoin de cet horrible spectacle : je me voyois arracher la seule
petite ressource qui me restoit ; mais cela me
touchoit moins encore que le sort de mon
Capitaine , l'amitié la plus tendre , la recon-
noissance & l'intérêt m'avoient attaché à lui.
Je ne sçaurois peindre tous les mouvemens
confus qui s'élevoient dans mon cœur. Dans
ce cruel moment , j'entens à vingt pas de moi
un assez grand bruit contre un rocher , & un
cri assez fort. J'y cours , & j'apperçois le dé-
bris d'un grand coffre qui flottoit au pied , &
qui poussé par la vague étoit venu s'y briser :
au même instant je vois revenir sur l'eau un
homme qui paroissoit combattre encore pour
gagner le rocher , dont le retour de l'eau l'é-
cartoit. Je descens précipitament , me tenant
de racine en racine , je coupe d'un coup de
sabre une grande branche , & tandis que je
me tenois accroché de la main gauche , je me
panchois pour que ma main droite pût l'avancer dans l'eau ; je criai alors : *cheer up friend ,
cher up , catch that branch* : courage , ami ,
courage , attrapez cette branche. Ma voix ra-

nima ce pauvre homme, il redoubla fes efforts, & fit fi bien qu'il vint à portée de la
branche & la faifit. A l'aide de ce fecours, je
parvins à lui donner la main, & à le tirer
tout-à-fait hors de l'eau; il n'en pouvoit plus;
je lui fis mettre la tête en bas; après qu'il eut
vomi beaucoup d'eau, nous prîmes chacun
un petit coup d'eau-de-vie, dont je portois
toujours une petite bouteille dans ma poche.
On ne peut concevoir la joie que je reffentis,
lorfqu'ayant amené mon homme à terre, je
vis que c'étoit mon Capitaine. Par le moyen
d'un grand coffre auquel il s'étoit attaché, il
avoit été conduit contre le rocher; c'étoit lui
que j'avois entendu jetter un cri, au moment
où ce coffre fi cher fe brifoit & le laiffoit
fans force, & prefque fans efpoir de fe fauver.

La premiere chofe que nous fîmes, fut de
nous embraffer bien tendrement; nous ne pûmes pas empêcher nos larmes de couler; après
cela nous nous mîmes tous nuds pour faire fécher nos habits & nos chemifes; & nous étant
fait un petit lit de feuilles féches, nous nous
repofâmes fous cinq à fix arbres fort bas &
fort touffus. Comme l'air étoit affez chaud,
& que nous etions fort las, le fommeil nous

faifit dans cet état, & nous dormîmes jufqu'au lendemain.

A notre réveil, nous fûmes extrêmement furpris & fâchés de ne plus retrouver aucun de nos vêtemens : comme nous les avions expofés fur de petits arbres, nous penfâmes d'abord que le vent les avoit emportés ; mais nous les cherchâmes en vain au tour du lieu où nous les avions laiffés. La feule chofe que je ne pouvois concevoir, étoit que nos fouliers avoient pareillèment difparus : je n'ofois attribuer au vent ce larcin. Notre perquifition cependant ne fut pas infructueufe, nous apperçûmes près de nous un baril de poudre, & il fe trouva bien bouché. Cette découverte nous fit porter plus loin nos recherches. La premiere chofe qui fe préfenta à nous, fut le corps de notre pauvre Lieutenant, qui avoit defcendu dans la chaloupe avec moi, il avoit été pouffé dans les baffes branches d'un arbre au pied d'un rocher, où il étoit refté embarraffé. Nous ne pûmes rien faire de fes vêtemens, il étoit fi enflé & fes membres étoient fi roides, qu'il ne nous fut pas poffible de lui arracher fes habits fans les couper. Un peu plus loin nous trouvâmes une affez grande caffette ; j'ignore à qui elle appartenoit, mais il

fe trouva dedans différens outils de toutes fortes, & en grand nombre, avec quatre rames
de papier, dont une partie avoit été mouil-
lée, & fix paires de piftolets de poche; fans
doute qu'ils étoient deftinés à être vendus à la
nouvelle Hollande.

Cent pas plus bas, nous apperçûmes dans
une anfe formée par deux rochers, deux autres barils de poudre, fix tonneaux d'eau-de-vie,
partie de cent que nous devions débarquer à
l'Ifle de Java, & une caiffe d'environ trois
pieds de large fur cinq pieds de long : nous
remarquâmes que le flux montoit peu à peu
fur le bord toutes ces marchandifes; nous cou-
pâmes une trentaine de groffes racines qui
ferpentoient fur ces rochers, & en ayant fait
des efpéces de cordages, nous liâmes nos ba-
riques à des arbres, afin d'empêcher le reflux
de les emmener; nous ouvrîmes cette feconde caiffe, & nous y trouvâmes des couteaux
de toutes fortes, des cifeaux grands & petits,
quatre facs de pierres à fufil, & une cinquantaine de miroirs de neuf à dix pouces de haut
fur fix pouces de large. Ne pouvant pas emporter nos trois barils de poudre ni nos deux
caiffes, nous les cachâmes fous les arbres où

nous avions passé la nuit, & nous les couvrî-
mes de feuilles.

Malgré toutes ces découvertes, Rofwick &
moi nous n'avions pour tout vêtement que
chacun un ceinturon & une cartouche. Quoiqu'il fît chaud, nous n'avions garde d'étouf-
fer sous cette décoration ; ce qui nous faisoit
le plus de peine, c'étoit d'avoir la tête & les
pieds nuds, maintenant que j'y réfléchis, je
ne peux pas m'empêcher de rire de notre atti-
rail. Deux hommes nuds comme la main, un
sabre à leur côté, un fusil sur l'épaule, une
cartouche qui leur bat les fesses, il faut avouer
que cela fait un uniforme tout-à-fait plaisant.
Il n'y avoit pas alors beaucoup à rire pour
nous : la faim commençoit à se faire sentir,
l'inquiétude de ce que nous allions devenir ne
nous tourmentoit pas moins ; mais ce qui
nous pressoit le plus, c'étoit la soif.

A force d'aller de rochers en rochers & de
chercher par-tout, nous trouvâmes quelques
coquillages ; nous les mangeâmes, ils étoient
excellens. Dieu permit que nous découvris-
sions une petite source d'eau douce ; au moyen
de quoi ayant bu & mangé, nous ne songeâmes plus qu'à chercher les moyens de passer

dans l'Iſle, dont nos rochers étoient ſéparés par un petit bras de mer d'environ cinquante pas de largeur; il ne nous étoit pas poſſible de paſſer cela à la nage avec nos armes. Mais nous prîmes deux vieilles truiſſes ſéches, que le vent ſans doute avoit déracinées, & les ayant liées de notre mieux avec des branches vertes & des racines, nous nous avanturâmes à paſſer deſſus. Notre bâtiment, à l'aide de la croſſe de nos fuſils qui nous ſervoient de rames, gagna le rivage ſans le moindre accident. Nous n'eûmes pour ſpectateurs qu'une quantité prodigieuſe de poiſſons de toute eſpéce, qui, à parler vrai, nous firent aſſez grand peur; nous craignions pour nos pieds; il y en avoit qui paroiſſoient avoir plus d'une toiſe de long, & ils n'étoient point du tout effrayés de nous voir. Dès que nous fûmes arrivés à l'autre rivage, nous rendîmes graces au Ciel, & nous implorâmes ſa protection; après quoi nous avançâmes dans les terres. C'étoit, ſuivant notre ſupputation, le 10 Août 1678, à neuf à dix heures du matin.

Le premier objet qui vint s'offrir à nos yeux, fut un animal d'une forme qui nous parut ſinguliere, & que nous crûmes au travers des brouſſailles voir marcher à quatre pattes. Mon premier mouvement fut de le tuer, partie par curiofité, partie pour avoir de quoi vivre : mais Rofwick qui avoit lu beaucoup de Voyageurs, & qui avoit toutes leurs avantures préfentes à l'efprit, m'en empêcha. Bien nous en prit, car le moment d'après ce prétendu animal nous ayant apperçus, fe leva fur fes deux pattes de derriere, & fe mit à courrir de toutes fes forces, en criant, *Chiaraboc*, *Chiaraboc*. La forme qu'il avoit étant debout, le fon de la voix, & l'articulation diftinête du terme *Chiaraboc*, nous fit préfumer que c'étoit une créature humaine. Je ne peux pas dire fi cette rencontre nous fit plus de peine que de plaifir; en tout cas elle nous caufa bien de l'inquiétude : nous nous perfuadâmes que cette Ifle n'étoit habitée que par des Sauvages les plus groffiers, & nous commençâmes à craindre d'être mangés par eux.

Réfolus de vendre bien cher notre peau, nous continuâmes notre route. Nous n'eûmes pas fait deux cens pas, que nous entendîmes crier au-deffus de notre tête : *Chiaraboc*. Nous nous arrêtons, & nous voyons un animal qui paroiffoit être le même que le premier, perché fur un affez grand arbre; il nous confidé-

roit fort attentivement, nous le confidérâmes
auffi ; il étoit de couleur brune, & fembloit
couvert de poil, à l'exception du vifage & de
la gorge fur laquelle il en avoit très-peu, tout
le corps, autant que les branches nous permettoient de le voir, nous parut conformé de
la même maniere que les nôtres.

Comme nous croyions l'avoir trouvé d'a-
bord marchant à quatre pattes, nous ne fça-
vions que penfer fur fon compte. Dans cette
perplexité fi naturelle, nous prîmes le parti
le plus fûr : nous nous mîmes fous l'arbre à
quatre pattes, & dans cet état nous lui fimes
toutes fortes de fignes d'amitié à notre façon.
Notre pofition étoit apparemment fi comique, que le prétendu animal éclata de rire,
& le moment d'après il fe mit à crier d'une
voix qui n'étoit point rude : *Houfir, houfir.*
A l'inflexion de la voix, nous comprîmes que
c'étoit un terme de paix ou de bienveillance,
& que l'efpéce d'être que nous avions pris
pour un animal, étoit toute autre chofe. Dans
cette idée, nous nous mîmes à répéter *houfir,*
houfir, & à redoubler nos fignes d'amitié.
Ce perfonnage defcendit, & fe mit à vingt
pas de nous, affis fur les deux pattes de derriere, comme un véritable finge : nous nous

aſſîmes de même, autant qu'il nous fut poſſi-
ſible, nous tournant le viſage de ſon côté. Il
me vinț alors en idée que nos armes pouvoient
l'intriguer ; nous les détachâmes & les mîmes
par terre, ayant grand ſoin de bander nos fuſils : alors adouciſſant ma voix , je répétai
houſir trois ou quatre fois ; ſa ſeigneurie en
fit autant, & s'avança vers nous ſur deux pieds
ſeulement. Plus il s'avançoit, plus nous étions
convaincus que c'étoit une créature à peu près
comme nous. Enfin, à force de s'approcher
& de s'entredire *houſir*, nous nous raſſurâmes
reſpectivement, & nous vinmes au point de
pouvoir nous toucher, nous reconnûmes alors
que c'étoit véritablement une femme, dont
le corps étoit couvert d'un poil ſemé clair &
brun ; ſes yeux étoient vifs & ſes dents très-
blanches, mais la ſtature un peu petite.

Pour gagner ſa protection, nous nous proſ-
ternâmes devant elle, & nous lui baiſâmes
les pieds : pendant ce tems elle nous paſſoit la
main ſur le dos, en nous flattant comme on
flatte un cheval, & toujours répétant *houſir* ;
au même inſtant elle ſe pencha, & je ſentis
qu'elle me léchoit ; je le dis à Roſwick, qui
me répondit, *léche-la auſſi* ; je compris, ainſi que lui, que c'étoit apparemment l'uſage

du pays : auſſi-tôt nous lui rendîmes politeſſe pour politeſſe.

Ce premier compliment fini, nous nous levâmes, & notre créature femelle nous prodigua à Roſwick & à moi les mêmes marques d'amitié. Cela nous raſſura beaucoup l'eſprit, mais le cœur en ſoulevoit. Mon Capitaine, fait plus que moi aux avantures de mer, ſupportoit les choſes avec plus de fermeté ; & s'étant apperçu de mes grimaces forcées, il me dit : *cheer up then*, qui veut dire, *courage donc*. Sur le champ cette femme répéta, tant bien que mal, *cheer up then*, ſe piquant ſans doute de répéter nos termes, comme nous nous étions piqués de répéter les ſiens. Il faut avoir été dans le même cas, pour ſentir ce qui ſe paſſoit chez nous ; pour moi, je ne ſaurois le peindre ; peut-être Roſwick, qui compte faire imprimer ſes avantures en Anglois, entreprendra-t'il de faire ce tableau.

Notre Sauvageſſe diſant ſans ceſſe alternativement *houſir* & *cheer up then*, continuoit de nous flatter de la main. Roſwick, plus hardi que moi, entreprit de la flatter auſſi. Auſſi-tôt elle lui paſſe les mains autour du col, & lui léche la bouche, les yeux, le nés, tout le viſage. Je n'en fus pas fâché, j'avois à cœur le *cheer up then* qu'il m'avoit dit ; loin de lui envier sa bonne fortune, je l'attendois au dénouement avec un plaisir malin : il soutint cela avec une fermeté héroïque, & les choses furent poussées aussi loin qu'elles pouvoient aller. En vérité, dans l'état où nous avions débarqué, je ne croyois pas que je pusse garder les manteaux.

Cette scène héroï-comique me parut si originale, qu'elle dissipa un peu mon inquiétude, & me donna quelque gayeté, avec cependant une assez grande frayeur de me trouver bien-tôt dans le cas de désobliger la Sauvagesse. Ce que j'avois craint arriva : comme je n'étois point homme de mer, je n'eus point réponse au *cher up then* de la Sauvagesse, mais je lui fis entendre, en portant le doigt à la bouche, & me couchant par terre, que j'étois mort de faim ; elle me comprit, & m'excusant sans doute, elle nous fit signe de la suivre. Chemin faisant, e!le examina fort attentivement nos armes. Je ne crois pas qu'il y ait spectacle si singulier, que de voir une femme de cette espéce marcher entre deux hommes dans l'équipage où nous étions, & armés jusqu'aux dents.

Nous arrivâmes à un petit bois, à l'en-

trée duquel notre Sauvageſſe prit un arc &
trois à quatre fléches qu'elle y avoit laiſſées.
L'arc étoit d'un bois rond & fort ſouple, &
les fléches d'un bois dur & peſant : j'ai même
rapporté en France deux arcs & plus de trois
douzaines de ces mêmes fléches. La corde eſt
un cuir coupé par filets entortillés enſemble.

Nous n'eûmes pas fait cent pas dans le
bois, que Roſwick appercevant un animal
aſſez grand, il commença à lui crier, *hou-*
ſir, qui, par parenthèſe, ſignifie *bon ami* :
mais l'animal n'avoit garde de répondre à ſon
compliment ; c'étoit une eſpéce de Taureau
ſauvage, qui ne differe des nôtres que par la
petiteſſe & par une troiſiéme corne, qui du
milieu du front ſaillit en avant, les deux autres s'écartant en droite ligne ſuf les deux
côtés.

La Sauvageſſe entendant Roſwick crier
houſir à cet animal, fit un grand éclat de
rire, & ſur le champ elle atteignit d'une fléche le *Daguir*, c'eſt ainſi qu'ils appellent ce
Taureau. Quand je vis le mouvement de la
Sauvageſſe pour tuer le Daguir, je me mis en
devoir de le tirer. L'animal fut renverſé du
coup de la fléche qu'il reçut : cependant,
voyant qu'il ſe relevoit & traverſoit à 40 pas

de moi d'une vîteſſe prodigieuſe, je le tiraî
& lui caſſai l'épaule. Auſſi-tôt je voulus courir ſur lui ; mais je m'apperçus que la Sauvageſſe avoit eu ſi grand peur, qu'elle étoit
tombée par terre.

Nous la relevâmes , elle fut un bon quart
d'heure à revenir de ſa terreur , quoique nous
ne ceſſaſſions pas , Roſwick & moi, de lui
dire *houſir* , en la léchant bien tendrement.
Enfin elle reprit ſes ſens ; nous la conduiſî-
mes à l'animal qui n'étoit point encore mort :
comme il nous menaçoit de la tête , & faiſoit mine de vouloir ſe relever , Roſwick lui
déchargea un grand coup de ſabre entre les
cornes , & l'acheva. Le ſabre étonna cette
pauvre femme preſqu'autant que le coup de
fuſil, elle ne ſe laſſoit point de conſidérer l'un
& l'autre , ſans oſer beaucoup toucher à ce
dernier. Quand la Sauvageſſe eut bïen examiné le coup & nos armes , & qu'elle m'eut
vu recharger mon fuſil , elle s'écria par trois
fois : *chiroc*, *chiroc*, *chirocaba* ; elle me fit entendre enſuite qu'il falloit vuider l'animal &
l'emporter. Cette partie de plaiſir ne fut gueres de mon goût , mais il ne falloit pas déſo-
bliger.

Quand le Daguir fut vuidé , il peſoit bien

encore cent cinquante livres ; nous le chargeâmes tous trois fur nos épaules, & nous
l'emportâmes à la taniere, ou, fi l'on veut,
au Palais de la Sauvageffe, qui étoit à quatre ou cinq cens pas plus loin. En y arrivant, une femme qui m'apperçut, parce que
je marchois le premier, s'enfuit de toutes
fes forces, en criant *Chiaraboc* *, & grimpa
dans un arbre : mais notre Sauvageffe lui cria
de fon côté : *Houfir la bonuc.* L'autre auffi-tôt
defcendit de fon arbre, & vint à nous.

Dès que nous fûmes entrés, il accourut
trente Sauvages mâles & femelles, ayant tous
des arcs & des fléches. Nous nous apperçûmes que nous avions gagné la protection
de la Sauvageffe, grace à Rofwick ; elle fe
mit à la porte de fa cabanne, leur dit ce que
je ne compris que par les effets. Tous ces
gens détendirent leurs arcs, & entrerent,
après quoi ils s'afsîrent autour de nous. Notre Hôteffe nous apporta elle-même des viandes defféchées, une efpéce de pain, & une
liqueur affez douceureufe. Quoique je lui euffe

---

* *Ce terme défigne un animal fauvage ayant
la forme humaine, comme qui diroit parmi nous
un Singe.*

marqué le befoin que j'avois de manger, Rofwick fut fervi feul par elle & le premier ;
elle dit à l'autre femme de me fervir les mêmes mêts.

Pendant que nous mangions, & que l'on
nous regardoit à l'envi depuis les pieds jufqu'à la tête, nous examinions la compagnie
refpectueufe qui parloit bas, crainte fans
doute de nous troubler, car ils ne devoient
pas appréhender que nous puffions y comprendre quelque chofe. Nous obfervâmes
qu'ils étoient d'une taille affez médiocre, &
tous affez conformes à la premiere femme
que nous avions vue. Ainfi nous avions bien
de l'avantage dans ce pays du côté de la taille ;
& c'eft à cela que nous fûmes redevables de la
promptitude de notre bonne fortune. Hélas !
combien y en a-t'il dans nos climats, qui
doivent comme nous à un extérieur avantageux, & à l'impreffion qu'il a faite fur des
femmes, des dignités, des biens, des honneurs qu'ils n'auroient jamais obtenus, fi la
monture de Sancho avoit pu entrer en lice
avec eux.

Sur ces entrefaites, notre Hôteffe parla à
trois Sauvages, qui fe leverent auffi-tôt, &
furent chercher le Daguir que nous avions

jetté à la porte, on le mit au milieu du cercle, & après quelques propos, je vis l'autre femme, qui paroiſſoit encore plus jeune, apporter deux coupes de bois en forme
ovale, & aſſez longues pour que deux perſonnes puſſent y boire en même tems, placées à côté l'une de l'autre ; elle s'avança
près de moi, & après avoir écouté un moment notre Hôteſſe, elle me dit, en me ca-
reſſant de la main : *Houſir, houſir.* Je lui
répondis ſur le même ton.

Cela fait, nous nous aſſîmes tous quatre
par terre autour du Daguir, & un Sauvage
vint préſenter à nos Hôteſſes les deux coupes pleines. Madame Roſwick (nom que je
lui donne pour la diſtinguer de l'autre) fit
boire notre Capitaine dans ſa coupe, & en
même tems qu'elle y buvoit, ma Sauvageſſe
me fit la même galanterie. Auſſi-tôt toute la
troupe ſe proſterna pour nous rendre hommage, & s'étant relevée, danſa en rond autour de nous. La danſe finie, chacun vint
mettre ſon arc & ſes fléches à nos pieds, &
un d'entr'eux alla promptement chercher deux
paires de chauſſures & deux bonnets de cuir.
Ces ſouliers étoient de quatre peaux bien col-
lées l'une ſur l'autre, & ils s'attachoient ſur

le pied avec de petits corrois. Ces préſens,
tout ſimples qu'ils étoient, nous firent grand
plaiſir.

Nous comprîmes alors que nos Hôteſſes
devoient être des femmes de conſéquence parmi eux; & nous en fûmes bien plus convaincus, lorſque nous vîmes arriver plus de
deux cens Sauvages de l'un & de l'autre ſexe,
qui après s'être proſternés, danſerent pareillement autour de nous, en chantant des
chanſons à leur mode.

Dans le même moment, Madame Roſwick
ſe fit apporter une hache, fit couper en piéces le Daguir, & en diſtribua une grande
partie à une vingtaine de jeunes Sauvageſſes
qui ſe trouverent à cette fête. Quand tout
cela fut fait, elle me fit ſigne de tirer mon
fuſil. J'eus d'abord de la peine à l'entendre;
ayant à la fin compris ce qu'elle demandoit,
je lui donnai cette ſatisfaction. Ma complai-
ſance fit un bon effet; car elle inſpira tant
de crainte & de reſpect dans l'eſprit des aſſiſ-
tans, qu'ils levoient les mains au Ciel, en
faiſant de grandes exclamations, que j'étois
bien fâché de ne pouvoir comprendre. Le
ſeul mot que je pus retenir, parce qu'il fut
ſouvent répété, & que j'avois entendu la mê-

me chofe de la bouche de la premiere Sauvageffe, lors de la mort du Daguir, c'eft
Chirocaba, qui fignifie, comme je l'ai appris
depuis, hommes divins, hommes miraculeux. Ces exclamations furent fuivies de différens préfens en fruits & viandes féches que
chacun fut chercher & apporta. Nous avions,
comme on voit, grand fujet de nous applaudir de notre début : il n'y avoit qu'une chofe
qui m'allarmoit, c'eft que tout cela avoit l'air
d'une noce en regle, & je ne me trompois
pas beaucoup, comme on le verra dans la
fuite.

CHAPITRE III.

On acheve de célébrer notre mariage. Le Temple & la façon dont les Wayferdans font leurs Prieres. Quelques ufages du Pays. Nous apprenons la langue. Quelle eft la façon d'écrire. Nous fommes préfentés au Roi. Cérémonial à ce fujet. Nous introduifons dans l'Ifle la méthode de fe couvrir le corps. Cérémonial avant d'opiner dans les Confeils du Roi.

QUAND toute cette fcène bruyante fut finie, on nous laiffa, les Sauvageffes, Rofwick & moi. Je commençai à me trouver un peu plus à mon aife : car, à parler franchement, quoique j'euffe été affez débauché dans mon extrême jeuneffe, je fouffrois avec répugnance le fpectacle d'une troupe de gens de l'un & de l'autre fexe qui n'avoient rien de couvert que la plante des pieds & le haut de la tête, fur laquelle ils portoient une efpéce de bonnet, comme je l'ai déja dit. Ma propre nudité me faifoit honte à moi-même, & le tout enfemble me préfentoit des idées que j'avois peine à foutenir. J'a-

voie

vois déja jetté mes vûes sur la peau du daguir,
pour satisfaire du moins à ce que la pudeur
semble exiger naturellement de tous les hommes.

La nuit s'approchant, nos deux Sauvageffes nous apprêterent pour notre soupé un mor-
ceau du daguir, qu'elles firent cuire sur des
charbons. Pendant ce tems, Rofwick & moi
nous nous afsîmes fous un arbre à dix pas de
la porte, pour prendre le frais. Je lui ouvris
mon cœur, & lui fis part de tout ce qui me
révoltoit.

Rofwick étoit un homme de beaucoup d'efprit, & il fut droit au fait. » Je vois, dit-il,
» que nous fommes dans un pays où l'on ne
» connoît de Loix que celles de la nature.
» Il peut fe faire avec cela que nous foyons
» parmi d'honnêtes gens : nous fommes chez
» eux ; ainfi c'eft à nous à nous conformer
» à leurs mœurs, & non pas à eux à fe con-
» former aux nôtres ; voilà le droit de tou-
» tes les nations. Cette régle doit s'appli-
» quer à tout ce qui ne bleffe point le Dieu
» que nous adorons. Comme il a créé tous
» les hommes & la terre qu'ils habitent, l'ef-
» fentiel du culte qu'il veut qu'on lui rende,
» doit lui être rendu par-tout, parce qu'il eft

» par-tout , parce que tout est à lui , & qu'il
» a par-tout les mêmes droits. Ainsi à l'égard
» de l'horreur que nous fait la situation de
» nos corps, & de ceux qui s'offrent à nos
» yeux, quoiqu'elle soit bien naturelle , elle
» tire maintenant toute sa force de l'habitude
» & du préjugé, car elle ne blesse point en
» soi la Majesté Divine ; ce n'est que par des
» conséquences qui peuvent ne pas résulter ici
» comme chez nous. J'ai été long-tems en
» Italie ; les femmes y sont voilées ; celles
» qui feroient voir leurs bras, leur visage,
» leur gorge, commettroient une indécence
» épouvantable ; & la vüe de ces objets fait
» toujours une vive impression sur les hom-
» mes de ce pays. En Angleterre , & en
» France sur-tout, on est habitué à voir tou-
» tes ces parties dans une femme, on en est
» peu touché ; & cela est si vrai , que les
» Coquettes rafinées les cachent en tout ou
» en partie, pour donner plus d'envie de les
» voir. Dans ce pays les hommes & les fem-
» mes, à ce qu'il me paroît, sont accoutu-
» més à se voir dans l'état de pure nature ,
» & leurs passions n'en sont pas plus émües ,
» qu'elles le seroient si cela n'étoit pas : la
» facilité de les assouvir n'en est gueres plus

» grande, leurs plaisirs sont moins vifs &
» moins délicats. : d'ailleurs, je m'imagine
» que cet usage ne tend point à blesser les
» loix qui les régissent sur cet article. Tran-
» quillisez-vous donc, mon cher ami, met-
» tez-vous bien dans la tête que vous êtes une
» Italienne qui venez en France paroître en
·» public sans voile, les bras nuds & la gorge
» découverte. Cela n'empêche pas que si nous
» trouvons le moyen de nous couvrir un peu
» nous ne fassions très-bien ; mais ne blef-
» sons point les mœurs de gens de qui nous
» dépendons, ce n'est point l'essentiel.

» J'entrevois que ces deux femmes ou filles
» chez lesquelles nous sommes, sont des per-
» sonnes ici considérées ; elles demeurent en-
» semble, elles sont toutes deux jeunes, el-
» les sont au moins amies, peut-être sont-
» elles parentes ; peu nous importe. Le point
» capital est de savoir de quelle façon vous
» devez vous conduire. Si je ne me trom-
» pe, nous sommes mariés, vous & moi, à
» la mode du pays ; vous êtes garçon, & moi
» aussi ; ainsi notre Religion nous permet de
·» contracter mariage ; & dès que nous le
» contracterons selon les loix du pays dans
» lequel nous sommes forcés de résider, no-

» tre confcience n'aura rien à nous repro-
» cher. C'eft l'objet que nous nous propo-
» f ·s qui nous rend vertueux ou coupables.
» Mon Pere, ajouta-t'il, étoit Profeffeur à
» Londres en Langue Hébraïque ; je lui ai
» entendu parler plufieurs fois d'un Concile
» de Tolede , qui défend d'avoir plufieurs
» femmes , & qui permet d'en avoir une,
» foit fidéle , foit infidéle , foit qu'on la tien-
» ne à titre de femme , ou de concubine.
» Comme j'ai de tout tems beaucoup aimé
» les femmes , je n'ai eu garde d'oublier ce
» trait dont j'ai fait bon ufage. Gardez-vous
» donc bien d'écouter des fcrupules ou un
» dégoût qui vous feroient infailliblement
» périr & moi auffi. Quant à ce que j'ai fait
» ce matin avec la premiere Sauvageffe que
» nous avons trouvée, ne l'imputez pas à la
» brutalité ; les hommes & les femmes de
» tous les pays fe reffemblent ; croyez-moi ,
» il y a peu de différence. J'ai penfé que dans
» l'état où nous étions débarqués ici, nous
» avions tout à craindre. Avec la protection
» des femmes on vient à bout de tout, & on
» a bien de l'avantage quand on a pour foi
» les charmes de la nouveauté : l'empire
» qu'elle a fur leur imagination eft univerfel

» & abfolu. Auffi gagne-t'on cette protection
» à Paris comme à Londres , & à Londres
» comme ici ; c'eft-à-dire, qu'il n'y a que
» deux voies de l'acquerir , ou en s'y prenant
» comme je m'y fuis pris , ou en l'achetant :
» de façon ou d'autre , c'eft toujours argent
» comptant ; auquel cas les Sauvageffes ne
» le font que de nom. La néceffité de fauver
» fa vie a chez moi contraint la loi. N'avez-
» vous pas, vous autres François, des Ca-
» fuiftes qui foutiennent que tout eft permis
» pour la fanté ? J'ai plus d'expérience que
» vous , quoiqué je ne fois pas beaucoup plus
» âgé , puifque je n'ai que trente ans ; mais
» il y en a vingt que je cours de pays en pays.
» Soyez fûr que je vous donne ici de bons
» confeils «.

A ce difcours pathétique mon homme
joignit l'éloge de nos beautés , & s'efforça de
m'y faire trouver des charmes. Il eft vrai
qu'elles avoient la taille affez bien , les traits
affez réguliers, les yeux vifs, les dents belles ;
le nez étoit un peu écrafé , les ongles longs ,
mais bien faits ; il n'y avoit de choquant que
la peau , qui étoit rude & couverte, comme
je l'ai dit , d'un poil femé affez clair. J'avoüe-
rai de bonne foi que je ne pûs m'empêcher de

rire, de trouver un Cafuifte dans un Capitaine de Vaiffeau Anglais, & qui courroit
les mers dès l'âge de douze ans ; mais dans
les Gouvernemens qui tiennent un peu de
l'Ariftocratie, il eft plus ordinaire de trouver
des gens univerfels, parce. qu'ils font, ou
peuvent être dans le cas, d'un moment à l'autre, de faire ufage des talens qu'ils ont acquis. Sa morale relâchée, jointe à la force
de mon tempéramment & à l'envie que j'a-
vois de vivre, me porterent pourtant à adopter le Décret de fon Concile de Tolede. En
vérité je n'étois gueres dans une fituation qui
me permît plus de régularité.

Nous finiffions notre converfation, lorfque notre premiere Sauvageffe vint à nous,
appellant *houfir* : elle nous conduifit dans fa
cabanne, où elle avoit préparé le fouper ;
nous le trouvâmes un peu moins mauvais que
le dîner. Comme nous avions l'efprit plus
tranquille, nous mangeâmes de meilleur ap-
pétit ; la liqueur qu'on nous donna nous parut plus gracieufe ; enfin l'heure de dormir
vint ; il fallut fauter le bâton : le Concile de
Tolede & les décifions du Cafuifte marin
triompherent : nous fûmes deux à deux nous
coucher dans deux petits cabinets.

Comme notre lit n'étoit compolé que de nattes de jonc, Rofwick & moi nous fûmes éveillés dès la pointe du jour, & nos fem-mes aufli ; c'étoit leur ufage. Je voulus par politeffe aller fouhaiter le bon jour à Mada-me Rofwick, & l'embraffer à la mode du pays ; elle me repouffa. Mon ami & moi nous en fûmes furpris ; & nous étant com-muniqué nos idées, il fe préfenta à fon tour devant ma compagne de couche, qui le re-pouffa pareillement. Nous commençâmes à comprendre qu'il y avoit dans ces gens-là une efpéce de vertu, dont nous pourrions démêler dans la fuite les principes, & nous conclûmes qu'en attendant il falloit obferver tout avec grand foin, & fe tenir fur fes gar-des, crainte de les choquer. Ces réflexions nous firent prendre la réfolution de faire tous nos efforts pour apprendre promptement la langue du pays.

Dès que nous fûmes levés, je fis figne que je voulois manger ; mais nos femmes prenant leurs fléches, nous firent entendre qu'il fal-loit les fuivre avec nos armes, ce que nous fîmes. Elles nous conduifirent à un grand quart de lieue de leur cabanne. Là nous trou-vâmes un édifice conftruit en bois, affez

D iiij

exhauflé, long d'environ deux cens toifes fur
cinquante de large ; au milieu étoit un petit
amphitéâtre élevé de quatre à cinq pieds, placé directement fous une ouverture de même
grandeur qui fe trouvoit au haut de l'édifice. Plus de dix mille ames vinrent fe rendre
dans cette efpéce de grange ; & un Sauvage,
dont la tête étoit ornée de plumes blanches
& rouges, monta fur cet échafaut. Dès qu'il y
fut, tout le monde fe profterna la face contre terre, à la réferve du Sauvage dont je
viens de parler, qui fe tint debout, les yeux
& les bras élevés vers l'ouverture, & pendant un demi·quart d'heure prononça des paroles, en criant de toute fa force. Quand il
eut fini, chacun fe leva. Nos deux femmes
qui étoient près de l'échafaut, y furent portées par quatre Sauvages ; on nous fit la même cérémonie; nous nous profternâmes tous
quatre devant le Sauvage à plumet : nous étant
rélevés, il proféra encore quelques paroles ;
après quoi nos deux femmes articulerent fort
haut le mot de *Bingrad*, & nous poufferent
en le répétant, comme pour nous avertir de
le répéter auffi ; ce que nous fimes. Auffi-
tôt nous entendîmes un grand cri s'élever de
tous côtés.

Mon ami & moi nous comprîmes que ce lieu étoit un Temple, & le Sauvage en queftion un Grand-Prêtre. Nous rencontrâmes vrai dans la premiere partie; mais ce que nous prîmes pour un Grand-Prêtre, étoit le Roi même du canton, qui venoit faire fa priere à la tête de tout fon peuple, tant pour lui que pour fes fujets. On verra dans la fuite ce que fignifie le trau qui eft au-deffus de l'échafaut, fur lequel il fe place pour prier. L'ufage eft de lui préfenter, après la priere; les nouveaux mariés, afin que chacun les connoiffe pour tels, & qu'ils fe jurent fidélité en public; ce que les conjoints expriment par le mot de *Bingrad*, qui fignifie *Serment.*

Quand nous fortîmes du Temple, nous trouvâmes tout le monde en haye, fans doute par curiofité. Nos époufées nous ayant fait figne, nous fuivîmes le Roi; nous lui fûmes préfentés dans fon Palais, fans toutesfois nous en défier. En arrivant, on nous fit profterner, & répéter tout haut quatre mots que nos femmes nous avoient appris en chemin: *Piader Irak louchaldic tras;* ce qui veut dire, HONNEUR AU DIEU QUI FAIT DU BIEN A TOUS.

Comme nous ne pouvions pas avoir une

D v

longue conférence enfemble, il nous confidéra fort attentivement, nous & nos armes, & nous congédia. Je crus qu'en fortant on nous alloit mener déjeûner ; mais point du tout, nous marchâmes un grand quart de lieue, & nous nous enfonçâmes dans des bois affez épais. Ma femme me fit figne de tirer fur ce que je trouverois, & me montrant fon arc, elle me fit entendre qu'elle en feroit autant. La premiere chofe qui fe préfenta, fut un oifeau gros comme une Autruche, qui voloit affez pefamment. Ma femme curieufe de me voir tirer, réitéra promptement le même figne ; je le tuai. Le bruit de mon coup de fufil fit lever un Daguir, que mon camarade tua auffi. J'en fus fâché, car ce que je prévoyois arriva : nous fûmes obligés de l'emporter ; heureufement qu'à moitié chemin quatre Sauvages, qui fe trouverent fort à propos fur notre route, vinrent nous aider.

On ne fauroit exprimer les careffes que nous firent nos deux femmes ; elles répétoient fans ceffe *houfir*, *chirocaba*. Je crois avoir déja dit que *chiroc* vouloit dire merveille, & *chirocaba* homme merveilleux.

Pendant quatre mois, il ne fe paffa rien

d'intéreffant. Nous reçûmes une vifite du Roi, que nous ne connoiffions pas plus à cette fois qu'à la premiere. Tous les jours, dès le matin, nous commencions par aller au Temple, du Temple à la chaffe, & de la chaffe au déjeûner. Jamais nous ne mangions fans l'avoir gagné, & fans avoir fait la priere. Je dirai par paranthèfe, que nous avions grand foin de l'adreffer au vrai Dieu, & nous n'allions au Temple que pour ne point fcandalifer & ne point mourir.

Dès notre fecond jour de mariage, arriva dans notre cabanne un vieux Sauvage qui avoit les cheveux tout blancs; il nous préfenta des écorces d'arbres fort déliées, & gueres plus épaiffes qu'un gros parchemin. J'en ai confervé un grand nombre par curiofité; que j'ai dans mon cabinet. Sur ces écorces étoient des caracteres peints en noir; chacun d'eux exprimoit un mot, à peu près comme dans la langue Chinoife. Mais comme ce peuple ne connoît ni Conjugaifons, ni Déclinaifons, & qu'il n'a chez lui ni Arts ni Sciences, leurs idées & les fignes qui les peignent, font quelque chofe d'une étendue fort bornée. Je donnerai ici feulement quelques exemples de ces caracteres, pour fatisfaire le

Lecteur, & le mettre à portée de voir qu'ils ne font pas abfolument mal imaginés. *I* fignifie *moi*. \ *toi*. Λ *vous*. Δ *tous*. O *tous*. Pour dire, *je vous aime*, ils difent, *moi aime toi*, & écrivent *I*ee\. Le terme de *houfir*, ou *bon ami*, s'écrit ainfi ᘓ◯◯ᘒ. On peut reconnoître dans quelques-uns de ces caracteres, que leur forme répond affez à l'idée qu'ils veulent peindre ; ce qui paroîtroit encore bien davantage, fi j'entrois dans un plus grand détail. Le cercle qui eft une figure qui n'a ni commencement ni fin, n'exprime-t'il pas bien ce que nous entendons par *tous*, qui ne préfente que l'idée d'un nombre indéfini ? Mais ce qu'il y a de plus frappant, c'eft la façon dont ils écrivent : *j'ai tué un Daguir*, ⊷/▷ ψ. La ligne horizontale n'eft qu'un figne qui marque le tems paffé, comme elle marque l'avenir lorfqu'elle eft mife après. Ainfi, s'il y avoit *I*⊸▷ ψ, cela voudroit dire : *moi tuerai un Daguir*. Ils employent ce figne ▷ pour exprimer *tuer*, parce qu'il reffemble à la pointe d'une fléche, qui eft l'arme dont ils fervent pour cet effet. A l'égard du figne ψ, il caractérife affez bien la pofition des Cornes du Daguir. Il faut pourtant convenir qu'ils ont des caracteres qui dans nos

mœurs paroîtroient indécens. Par exemple X,
qui veut dire *homme*, ne feroit certainement
pas adopté en Italie, où la délicatesse fur la
fidélité des femmes eft pouffée plus loin que
par-tout ailleurs. En France même, où l'ufage femble avoir corrigé cette délicatesse ou-
trée, bien des gens défapprouveroient cette
efpéce d'hiérogliphe, & voudroient en re-
t..ncher les deux cornes d'en haut ; mais
dans ce pays où on eft fage, leur correction
ne feroit pas reçue, on eft efclave des anciens ufages ; ainfi, malgré la critique, les
chofes refteront toujours fur le même pied.

Ils expriment encore le mot de femme par
cette figure ▷, qui décrit la forme de la
feuille d'un arbre de leur pays : cet arbre eft
affez fingulier ; au moyen d'un trou qu'on
fait dans le tronc, il en découle une liqueur
fort agréable au goût, mais qui vous trouble
l'efprit, pour peu que vous en preniez beaucoup, comme en France la quantité de vin,
il vous caufe des tremblemens & une foiblesse
étonnante dans tous les membres, & fa faveur
fe change en une amertume que vous fentez
avec un déplaifir extrême ; fa feuille eft du
plus beau coloris qu'on puiffe voir ; elle eft
armée d'une pointe fort aigue qui vous dé-

chire en paffant, fi vous n'y prenez garde.

Quand je fus ces particularités, je fus in-
digné de ce qu'on avoit choifi, pour exprimer le mot de *femme*, un caractere qui repré-
fentât la forme de cette feuille, & je crus
que les femmes de ce pays font comme en
beaucoup d'autres; mais mon Maître de Langue me défabufa, & me dit qu'il croyoit que
la feule raifon de ce choix étoit la beauté
du coloris de la feuille, & la propriété qu'elle
avoit de s'enfler par l'ardeur du Soleil, & de
produire un pepin qui fervoit à renouveller
l'efpéce de cet arbre; que d'ailleurs on favoit donner à cette liqueur nuifible, une préparation qui la rendoit bienfaifante & falutaire; & qu'à l'égard du figne qui exprimoit
le mot d'*homme*, ces deux efpéces de cornes
ou de branches qui partoient de la partie fu-
périeure, vouloient dire qu'on le regardoit
comme un être fait pour s'élever vers une ré-
gion bien au-deffus de celle où il étoit. Je
fus entierement fatisfait de ces explications,
fur-tout de la premiere : on penfe bien qu'elle
étoit intéreffante pour un homme qui venoit
d'être marié.

Notre vieux Sauvage venoit tous les jours
paffer, en deux féances, quatre heures avec

nous, & nos femmes nous faifoient répéter nos leçons. La premiere chofe que nous apprîmes, fut *Iee l*, qui fe prononce : *Og chour bif : moi aimer toi*. Ayant donc une Langue fort bornée à apprendre, & ayant paffé quatre mois à cette étude, fans ceffer un moment d'avoir des Maîtres avec nous, on peut bien penfer que notre travail affidu nous rendit d'habiles gens : auffi furprîmes-nous tous nos concitoyens ; car quoique je puiffe affurer que ce font des gens pleins de bon fens, ils n'ont pourtant pas cette vivacité de pénétration que nous trouvons ordinairement dans nos climats.

Un des premiers ufages que je fis de ma nouvelle Langue, fut de m'informer fi je ne pouvois point, fans rien bleffer, me couvrir la ceinture d'une peau de Daguir. Il me fut répondu que, comme perfonne n'étoit dans cet ufage, ce feroit introduire une nouveauté ; qu'on les craignoit dans le pays, & qu'il falloit en parler au Roi.

Nous fûmes donc conduits chez ce Prince par nos deux femmes. On lui avoit donné une très-haute opinion de nous : nos armes à feu & notre avancement dans la Langue nous avoient acquis une grande réputation. Je fus

tout étonné de voir que ce que j'avois pris
pour un Prêtre , étoit Sa Majesté-même. J'entrai dans son Palais , & j'arrivai devant elle
sans le savoir.

L'entrée du Palais n'étoit défendue par aucun Garde , & quoique parmi des Sauvages ,
je m'attendois à trouver plus de magnificen-
ce. Il y en avoit cependant , mais d'abord je
n'y compris rien. Les appartemens étoient assez grands , & le tout en bois. Dès que nos
deux femmes nous eurent avertis , je me pros-
ternai selon l'usage , & répétai à Sa Majesté :
Piader Irak Louchaldic tras , compliment que
je lui avois fait la premiere fois ; sans en
savoir la force , & dont j'ai donné déja l'explication. Mon compagnon en fit autant , &
nos femmes répéterent les mêmes mots après
nous. Sa Majesté nous répondit en termes qui
sont aussi d'étiquette : *Irak bagour ort rakad-
ba og* : mot à mot : *Oui Dieu pour vous , c'est
le devoir pour moi.*

Nos complimens faits , je fis au Roi ma
très-humble supplique. Il me demanda pourquoi je voulois être couvert. Ma premiere réponse fut que » j'avouois de bonne foi que
» je ne pouvois vaincre la répugnance que
» j'avois de me voir dans cet état ; que nous

» venions d'un pays où l'on étoit couvert jour
» & nuit ; que je priois Sa Majesté de vouloir
» bien être indulgente pour une habitude de
» vingt-sept ans ; que d'ailleurs n'ayant point
» la peau endurcie à l'air , les bois nous in-
» commodoient beaucoup à la chasse , & que
» nous en étions moins propres à la fa-
» tigue «.

Ce Prince me répondit avec bonté qu'il alloit assembler son Conseil. Sur le champ je
vis entrer douze vieux Sauvages : ils avoient
tous une espéce de petit Livret, qui étant sus-
pendu au col, leur tomboit sur la poitrine.
Dès qu'ils eurent pris place, ils porterent à
leur bouche ce même Livret , comme pour
le baiser, & le Roi leur dit : » Je souhaite
» faire du bien à ces deux hommes qui m'en
» prient : examinez si ma grace ne tournera
» point à leur préjudice , ou au préjudice des
» autres, car tous mes Sujets me sont égaux «.
Ce préambule est encore d'étiquette. Ensuite
se tournant vers moi , il me dit de rendre
compte de ce dont il étoit question. Quand
j'eus parlé, le plus ancien prit la parole, &
après avoir fait au Roi une inclination , & lui
avoir dit : *Piader Irak louchaldic tras* : il leva
ses deux mains, & regardant les autres, il

prononça ces mots : *Brakis fy rabaduk ker Pachir*, qui fignifient, *mort ou fincérité dans les Conféillers.* Après quoi il continua ainfi.

» Quoique nous foyons efclaves de nos an-
» ciens ufages, nous les changeons quelque-
» fois pour d'autres, quand nous fommes con-
» vaincus qu'ils font meilleurs ; & jamais l'ha-
» bitude feule n'a la force de nous affujettir
» à quelque chofe qui ne fe pratique que par-
» ce qu'il eft ainfi établi : par conféquent je
» rejette la raifon tirée de l'habitude alléguée
» par nos deux freres. L'incommodité qu'ils
» reffentent à la chaffe paffera ; nos corps fe
» font à tout. Quand ils auront acquis cette
» dureté naturelle, cela leur fera plus avanta-
» geux qu'une dureté poftiche : ainfi ce qu'ils
» demandent ne leur eft pas bon, & il eft
» d'un exemple dangereux pour les autres.
» S'ils ont d'autres raifons, qu'ils les difent.

Je repris donc la parole, & je fis obferver que » la nature n'avoit point armé nos
» corps d'une fourure naturelle, comme cel-
» le que je leur voyois ; qu'ainfi, on ne pou-
» voit pas fe flatter qu'à nos âges ce défaut
» pût fe rectifier ; que par cette raifon nous
» avions lieu d'efpérer une exception pour
» nous à la regle générale. J'ajoutai encore

» que cette méthode avoit de grands avanta-
» ges, qu'elle confervoit dans les hommes
» comme dans les femmes la chaleur naturel-
» le, les rendoit plus propres à la généra-
» tion, & que j'étois affuré que, fi cet ufage
» étoit fuivi dans les États du Roi, ils devien-
» droient beaucoup plus peuplés ; que ce que
» j'avançois, j'étois en état de l'attefter par l'ex-
» périence conftante de tous les pays où j'a-
» vois paffé ; que d'ailleurs c'étoit un moyen
» fûr de donner aux deux fexes plus d'empref-
» fement l'un pour l'autre ; que dans nos cli-
» mats, moins une femme étoit découverte,
» & plus elle excitoit nos defirs, & qu'on
» pouvoit compter fur l'effet de cette pra-
» tique «.

Comme nous étions déja dans le pays en
grande vénération, ces dernieres raifons frapperent le Confeil. Il nous fut permis non-feulement de nous couvrir la ceinture, mais il
fut encore arrêté que tous les Sujets du Roi de
l'un & de l'autre fexe en feroient autant. Le
Roi nous congédia, fans nous faire alors beaucoup de queftions ; & le lendemain, quand
tout le monde fut au Temple, il cria tout
haut de deffus fon amphitéâtre : *Que demain
chacun foit comme je fuis, c'eft pour le bien com-*

mun de tous. J'admirai cet ufage, qui fembloit dire que le Roi fe croyoit obligé de
donner l'exemple à fes Sujets, & de ne rien
faire que pour leur utilité commune.

De retour dans notre cabanne, nous cherchâmes, Rofwick & moi, le moment de
nous entretenir enfemble. Nous refléchîmes
beaucoup fur ce que nous voyions. Premiere-
ment nous trouvions fingulier que nous euffions été traités de *freres* par les Confeillers du
Roi. Cette expreffion nous fit comprendre
que ces gens, tous groffiers qu'ils étoient,
pouvoient avoir une vertu bien vraie. Ce qui
nous confirma dans cette idée, c'eft le compliment qu'il étoit d'étiquette de faire au Roi
en l'abordant : *Honneur au Dieu qui fait du
bien à tous*; & la réponfe qui eft pareillement
du ftile : *Oui Dieu pour vous, c'eft le devoir
pour moi.* Nous admirâmes encore la façon
dont le vieux Confeiller avoit débuté : *Mort
ou fincérité dans les Confeillers.* Nous préfu-
mâmes que ce début étoit encore d'étiquette,
& les éclairciffemens que nous prîmes dans
la fuite, nous firent voir que nous ne nous
étions pas trompés. A l'égard de l'efpéce
de Livret, nous le crûmes myftérieux, & ré-
latif au refte de la cérémonie. Notre conjec-

ture se trouva vraie. J'expliquerai dans la
suite ce que cela signifie. Rofwick qui étoit
fort fpéculatif, après m'avoir écouté, me dit
d'un ton d'enthoufiafme : » Ami fais - tu ce
» que c'eft que la vertu? Tu crois qu'oui, mais
» tu te trompes ; il faut venir chez nous pour
» l'apprendre & l'y chercher avec difcerne-
» ment. Le peu de tems que tu as paffé dans
» ton Parlement de Paris, ta grande jeuneffe,
» le tourbillon des folies, des plaifirs & des
» fiftêmes du monde Français, ne t'ont pas
» permis de prendre des idées nettes de la
» vertu. Hélas ! quiconque n'a pas remonté
» à fa fource, ne la connoît pas. En effet,
» mon cher ami, comment pourrois-tu juger
» au bal de l'Opéra, des graces & de la taille
» d'une femme que tu n'y vois que fous le
» mafque & en domino ? Telle eft la vertu,
» elle ne paroît à nos yeux que fous l'habille-
» ment que le caprice de chacun lui donne ;
» au moyen de quoi, fi nous la trouvons en
» deux endroits différens nous ne pouvons
» plus la reconnoître, parce qu'elle ne reffem-
» ble point à elle-même. Tu ne m'as vu rien
» dire jufqu'à préfent, & tout obferver en fi-
» lence ; il ne m'a rien échappé : je fuis bien
» trompé, fi tu n'apprens pas ici à connoître

» la véritable vertu ; c'eft un bonheur dont
» nous devons rendre graces à Dieu. Plus
» nous la connoîtrons, plus elle élevera nos
» cœurs, & plus nous ferons contens de no-
» tre fort. Je vois que nous trouverons ici un
» Roi qui connoît véritablement pour quelle
» fin il eft Roi, & des hommes pénétrés des
» devoirs qu'ils fe doivent refpectivement les
» uns aux autres. A préfent que nous com-
» mençons à entendre & parler la Langue
» du pays, il faut nous mettre au fait des
» mœurs, du commerce, de la politique,
» des refforts du gouvernement, des princi-
» pes de leur morale. Ce que nous trouve-
» rons bon, il faudra en profiter ; ce que
» nous trouverons mauvais, il faudra tâcher
» de le rectifi. . Nous ne devons plus comp-
» ter fortir de cette Ifle, c'eft maintenant no-
» tre patrie ; ainfi il faut tout faire pour lui
» être utiles.

CHAPITRE IV.

Converſation avec le Roi. On nous aſſigne de quoi ſubſiſter. Diſtribution des terres dans ce pays. Nous retrouvons partie de nos habits. Deſcription des Singes de cette Iſle. Nous faiſons des préſens au Roi, & nous en recevons de lui.

LE diſcours de Roſwick me charma, & il ſembloit qu'il dévelopoit déja mille idées confuſes qui s'élevoient ſucceſſivement dans mon eſprit. Ce cœur français, attaché ſi tendrement à ſon Prince, étoit affecté de la maniere la plus vive, en entendant parler d'un Roi comme d'un *Dieu qui fait du bien à tous.* Cet eſprit parlementaire, que j'avois ſi promptement adopté, parce qu'il porte ſur le vrai, me faiſoit aimer & reſpecter ces bons vieux Conſeillers, qui nous avoient paru traiter comme un crime capital la diſſimulation envers le Prince. Le véritable patriotiſme, ſi cher à tous les bons Citoyens, me forçoit à applaudir à cette harmonie qui ſembloit regner par-tout ; à cette tendreffe paternelle qui engageoit le Roi à regarder fes Sujets comme fes enfans ; à cette équité naturelle qui les lui rendoit tous égaux ; à cet amour filial qui fervoit de garde à la perfonne du Roi , & qui prefcrivoit à tout fon Peuple une obéiffance prompte & fans bornes. Tantôt la vivacité de mon imagination me traçoit le plan d'un Paradis terreftre ; tantôt auffi je ne pouvois croire ce que je voyois , & je craignois toujours de le trouver balancé par quelque inconvénient. Rofwick me rafluroit fur mes allarmes , & je l'écoutois avec un plaifir qu'on ne peut exprimer ; mais je vais quitter la Morale pour reprendre l'ordre des Faits.

Après nous être perdus dans nos réflexions , & dans les comparaifons qui venoient fe préfenter d'elles-mêmes, je dis à Rofwick » que, » la premiere & la derniere chofe que nous » avions à faire dans le monde étoit d'être » vertueux, que je tâcherois de l'être à quel- » qué prix que ce fût ; que je le priois d'ai- » der de fes confeils un ami qui fe feroit » toujours une gloire & un devoir de les » fuivre «.

Nous retournâmes enfuite retrouver nos Femmes ; elles nous attendoient avec la dernière

niere impatience. Le Roi venoit d'arriver
avec ce même vieux Confeiller qui avoit
opiné d'abord pour que je tâchaffe d'endur-
cir ma peau , & de l'accoutumer à braver
les ronces, les épines , & la flagellation des
branches, quand je traverfois les bois. Après
m'être profterné , je crus bien faire que de
lui adreffer le compliment ordinaire : *Honneur au Dieu, &c.* il me fourit , & me répondit : *Là je fuis Roi , ici je fuis un Wayferdan.* Ce mot eft le nom général qu'on donne aux Habitans du pays , comme à nous
celui de Français, il eft dérivé de *Wayferdanos* , qui eft auffi le nom de leur Ifle. J'a-
vertis même que , quoique l'on le trouve
dans les Mémoires de Rofwick écrit ainfi :
Wiferthanus ; il faut pour parler correcte-
ment la langue de ce pays l'articuler comme je l'ai écrit ; non pas que j'en veüille
faire un crime à Rofwick , car la langue
Wayferdane n'ayant qu'un feul figne , fans
affemblage de lettres pour exprimer ce mot ,
nous fommes obligés lui & moi de l'écrire
différemment, pour qu'il ait à Londres comme à Paris la même prononciation.

Le Roi, après la réponfe qu'il m'avoit faite,
ajouta : » que cela ne vous furprenne point ,

» asseyez-vous , & causez librement : si je
» reste dans mon Palais c'est pour mes Su-
» jets , & lorsque j'en sors , c'est pour moi.
» Lorsque vous m'êtes venu voir, je ne vous
» ai point fait de questions , parce que les
» momens où vous m'avez trouvé ne m'ap-
» partenoient point : maintenant je suis libre ,
» je veux satisfaire ma curiosité , & être ins-
» truit du pays d'où vous venez, de ses mœurs,
» de ses usages , de tout ce qu'il peut y avoir
» d'intéressant «.

J'obéis sur le champ ; & voici ce que j'eus
l'honneur de dire à Sa Majesté : *Grande Pro-*
vidence , (ils se servent de cette expression en
parlant du Roi par apostrophe , comme nous
nous servons du mot *Sire* , & ils la rendent
par le terme de *Madolfstern* , qu'ils écrivent
ainsi Ω , ce qui forme une espéce d'urne ren-
versée , & s'accorde assez bien avec un Dieu
qui fait du bien a tous.) *nous quittons des*
climats où les Arts & les Sciences sont poussés à
leur dernier période. Il y a donc bien de la vertu, me dit-il , en m'interrompant ? Je l'as-
surai que cela étoit vrai ; je n'avois garde , &
par amour propre , & pour conserver notre
réputation , de dire autrement.

» Pour te prouver , continuai-je , à quel

» point de supériorité nos découvertes sont
» parvenues, il te suffira de savoir que nous
» connoissons tous les Astres, toutes les Étoi-
» les, tout ce que tu vois au-dessus de toi:
» nous parcourrons l'étendue immense des
» mers ; nous avons le secret de tenir une
» route sûre au milieu de ses flots , sans avoir
» d'autres guides que nous-mêmes , nous
» nous transportons à six mille lieües de no-
» tre patrie , certains dès la premiere fois d'ar-
» river à l'endroit que nous nous proposons.
» Tu vois dans ces armes un leger crayon des
» arts que nous possedons «. Aussi-tôt je lui
présentai mon fusil , il me permit d'en faire
l'essai devant lui ; sa surprise fut sans égale,
quoiqu'il en eût déja entendu parler. Je lui en
développai la mécanique. Je lui expliquai à peu
près comment la poudre se faisoit. J'ajoutai
que nous avions pénétré dans les secrets les plus
cachés de la nature , pour y découvrir la proprieté de toutes les plantes , de tous les animaux. Que la vivacité avec laquelle nous pei-
gnions nos pensées nous avoit donné la facilité de se les transmettre les uns aux autres.
Que perpétuant ainsi le souvenir des temps les
plus reculés , nous étions à portée de nous
former aisément à la sagesse; que par le même

E ij

moyen, ce que l'un ébauchoit l'autre le perfectionnoit, que nous étions parvenus à connoître la mécanique du corps humain.

Mais, me dit ce Prince, *avez-vous dans votre pays de quoi subsister ?* Sans doute, lui répondis-je, & en abondance. *Si cela est*, me repliqua-t'il, *pourquoi quitter un pays où l'on fait tout, & où l'on ne manque de rien ? Que pouvez-vous trouver ailleurs qui vous dédommage de ce que vous abandonnez ? Et si vos opérations sont si sûres, pourquoi êtes-vous arrivez ici, ne vous proposant point d'y venir ? Rendez-moi raison de ces contrastes ?*

Je lui dis donc que » la curiosité étoit notre
» passion dominante, & que nos lumieres
» nous découvrant mille beautés par-tout,
» nous trouvions par-tout de quoi admirer &
» satisfaire notre passion ; que nous ne sortions
» point de notre pays pour toujours, mais
» dans le dessein d'y rentrer. Qu'à l'égard de
» notre arrivée dans son Isle nous la devions à
» la violence & à la force majeure d'un orage
» extraordinaire qui, en nous faisant échouer
» sur cette côte, nous avoit privé pour jamais
» de l'espoir du retour ; que d'ailleurs nous
» en étions bien dédommagés par le bonheur
» de vivre sous un Prince aussi vertueux que

» lui «. *Comment*, me dit-il, *vous regardez cela comme un bonheur ? Qu'y a-t'il donc d'heureux ? N'est-ce pas la même chose par-tout où vous avez été ?* J'avoüe que je fus embarassé un moment ; je craignois de dire oüi, je craignois de dire non. Je pris mon parti, & je lui répondis : » nos climats sont d'une si grande
» étenduë qu'ils sont divisés en plusieurs Etats ;
» il est des Rois qui ne regnent que pour eux,
» qui ne sont occupés que de leurs plaisirs,
» qui immolent tout à leurs passions, à leurs
» caprices, & qui ne se conduisent que par les
» conseils de Gens dont le cœur corrompu
» abuse de leur ignorance. Dans mon pays, &
» dans celui de mon ami, nous avons l'avan-
» tage d'y goûter les fruits d'un gouvernement
» bien réglé. Chez moi sur-tout, les Peuples
» regardent leur Roi comme leur pere, & lui
» ne voit dans ses Sujets que ses enfans. L'é-
» tendue & la multiplicité des affaires de toute
» sorte, le mettent, il est vrai, dans l'impos-
» sibilité de voir tout par lui même, & l'ex-
» posent à être trompé ; mais il est une compa-
» gnie de Gens qui font une profession publi-
» que & spéciale de veiller à ses intérêts véri-
» tables & à ceux de son Peuple. Ils sont pré-
» posés pour lui remontrer les piéges qu'on lui

» tend, & ils aimeroient mieux mourir que de
» lui déguiser la moindre chose, & de trahir
» ainsi la fidélité qu'ils lui ont jurée «.

» Tu me racontes, me dit le Roi, des cho-
» ses bien singulieres, & que je ne peux conce-
» voir. Comment dans des pays si savans, il y
» a des Princes si ignorans ? Dans des pays si
» vertueux il y a des Rois si méchans ? J'aurois
» crû, moi, que vos Princes étoient ceux qui
» avoient plus de science & plus de vertu. Ils
» ne sont donc Rois que de nom ; car être
» Roi c'est gouverner ; & ceux dont tu me
» parles ne gouvernent point ; je n'y com-
» prens rien. Et toi, se tournant du côté de
» Roswick, tu n'es donc pas du même pays
» que lui ? Comment cela se passe-t'il dans
» ton Royaume ? As-tu un Roi d'effet, ou un
» Roi de nom « ? Roswick satisfit à toutes
ses questions, & lui expliqua comment le Parlement d'Angleterre limitoit l'autorité royale.
» C'est-à-dire, reprit le Roi, qu'on craint que
» le Prince ne fasse du mal ; car s'il n'étoit
» propre qu'à faire du bien, il ne seroit pas
» nécessaire d'établir une puissance entre lui &
» son Peuple. Il me paroît que si le Peuple se
» défie tant de son Roi, ton Roi doit se défier
» aussi de son Peuple. Pourquoi avoir un Roi

» de cette efpéce ? Je comprens encore bien
» moins tout cela que ce que m'a dit ton ami.
» Une autre fois nous entrerons dans un plus
» grand détail. Comme je fai que vous n'avez
» rien pour vivre, & que je fuis obligé de
» veiller pour tous, je vous affignerai demain
» des biens pour fubfifter. Adieu, Rofwick,
» ne te défie pas de moi, je te prie, tu me
» mortifierois; dans ce pays on n'eft Roi que
» pour faire du bien «.

Le Roi s'en alla avec fon vieux Confeiller;
Rofwick & moi, nous étions faifis d'admiration; nous ne pouvions concevoir que parmi
des Sauvages qui nous avoient paru fi groffiers,
il y eût un raifonnement fi jufte, un bon fens fi
vrai. Je le comparois à cet inftinct heureux
que les animaux ont en partage, & dont les
opérations toujours promptes & fûres, ne les
trompent jamais. *Tu l'appelleras, fi tu veux,
de ce nom*, reprit Rofwick, *je voudrois bien que
dans nos climats on eût moins de raifon & plus
d'inftinct.*

Ce que le Roi nous avoit promis fut exécuté. Dès le lendemain vint un *Bagoul*, c'eft un
Confeiller du Roi, prépofé à la diftribution
des terres. Il amena avec lui huit hommes
qui, par fes ordres, tracerent une enceinte

près notre cabanne, laquelle enceinte renfer-
moit environ quatre arpens de terrain. *Voilà
pour vous*, nous dit-il ; *vos femmes qui en ont
autant, vous apprendront comment vous devez
les cultiver.*

Dans cette Iſle les terres appartiennent à
l'Etat ; quand le poſſeſſeur meurt, perſonne
n'hérite de ſon fond, les terres ſe repoſent juſqu'à ce qu'on les ait données à un autre qui en
ait beſoin. En faiſant cette diſtribution, on a
l'attention de cantonner les familles ; on donne
à tous les parens, des terres dans le même
territoire, autant que cela eſt poſſible : j'aurai
encore occaſion dans la ſuite de parler de cet
arrangement.

La meſure de ce qu'on donne à chacun eſt
de deux arpens. Voilà pourquoi nous en eûmes
quatre à nous deux. On en plante la moitié en
arbres fruitiers qui ſervent à faire la boiſſon du
pays ; le ſurplus eſt enſemencé d'une eſpéce de
grain, qui eſt à peu près de la forme du blé de
Turquie, mais pas ſi gros : il produit beaucoup : il y a dans l'épi juſqu'à trois cens grains.
Si tout ce qu'on ſeme venoit à bien, un quart
de boiſſeau, mis en terre, ſuffiroit pour la
nourriture d'un ſeul homme ; mais comme
l'épi n'eſt point armé comme les nôtres, les

oifeaux en mangent beaucoup ; & les bêtes
fauvages qui font en grand nombre dans cette
Ifle , s'en nourriſſent aufſi. J'admirai en cela
la Providence. Notre blé produit peu ; mais
l'armure de fon épi , & la foibleſſe de ſa tige ,
le mettent à l'abri des infultes des oiſeaux. Celui-là qui produit immenſément , eſt fans défenfe ; ſa fécondité eſt deſtinée à nourrir les
hommes & les bêtes.

L'arpent qui doit recevoir le grain ſe diviſe
en deux parties égales , qui tour à tour font
enſemencées tous les deux ans ; on les laiſſe
repoſer une année. Le poſſeſſeur eſt obligé de
fuivre cet ordre , & il ne lui feroit pas libre
d'enſemencer le tout à la fois , pour le laiſſer
en repos l'année d'après. Six boiſſeaux qu'on
jette dans la terre , tous larcins déduits , vous
en produiſent cent , années communes ; ainſi
un homme a de quoi attendre la récolte fui-
vante. Le pain qu'il fait n'eſt pas mauvais , on
s'y accoutume aiſément. Voici quelle en eſt
la préparation : on fait fécher ce grain au
foleil ; on le concaſſe alors ſans peine entre
deux pierres ; on paſſe après cela le tout
dans une eſpéce de tamis fait de peau féche ,
& percée à peu près comme un crible , avec
cette différence , que les trous qui ne font

E v

faits qu'avec des pointes d'épines, sont assez fins, & sont l'effet d'un tamis qui seroit bien clair : ils en font une pâte avec de l'eau, sans levain; ils présentent cette pâte au soleil, qui devient assez dure au bout de deux heures; après quoi ils la font cuire à sa fin devant le feu. Je ne peux mieux comparer ce pain qu'à une espéce de gâteau fort épais & fort mat.

Comme nous étions un peu à l'étroit dans notre cabanne commune, nous en construisîmes une, ma femme & moi, à cent pas de l'ancienne. On trouve dans cette Isle certains cailloux plats & fort durs; ils s'en servent pour faire des haches, en les attachant à un bois qu'ils fendent par un bout; ils y font entrer le cailloux, & l'y fixent avec plusieurs corrois. A l'aide de cet instrument, nous eûmes bien-tôt achevé notre cabanne. Quand elle fut faite, nous songeâmes, Roswick & moi, à faire venir nos caisses, nos barils de poudre & nos eaux-de-vie : l'embarras n'étoit pas médiocre, il falloit leur faire passer le petit bras de mer qui se trouvoit entre l'Isle & les rochers, & après ce trajet les conduire à notre hôtel. Nous ignorions quelles étoient les femmes que nous avions épousées; nous n'avions osé

faire aucune queſtion à ce ſujet. Nous apprîmes alors qu'elles étoient niéces du Roi.
Il ne nous avoit pas été poſſible de nous en
appercevoir dans les converſations dont Sa
Majeſté nous avoit honorés ; la raiſon en eſt
bien ſimple : dès que le Roi eſt élû, il ne
connoît plus de parens ; cela fait même partie
du ſerment qu'il eſt obligé de prêter, comme
j'en rendrai compte dans la ſuite. Je ne m'é-
tendrai pas davantage ſur cet article.

Quoique le Roi, ſi-tôt qu'il eſt élu, ne
connoiſſe plus de parens, ſes Sujets n'en ont
pas moins d'égard & de conſidération pour
ces mêmes parens. Nos femmes ayant fait
part de notre embarras à quelques-uns de nos
Inſulaires qui étoient venus les voir, un d'eux
ſe détacha, & revint une heure après avec
une cinquantaine de Sauvages, qui nous of-
frirent avec empreſſement leurs ſervices. Roſwick demanda à ſa moitié la raiſon de ces offres obligeantes : elle lui répondit qu'il étoit
non-ſeulement de regle dans l'Iſle, de ne
point refuſer ſon ſecours à ceux qui en ont
beſoin ; mais que l'uſage étoit encore qu'on
prévînt les demandes des parens ou parentes
du Roi. Alors elles nous apprirent qui elles
étoient. Roſwick & moi nous nous regardâ-

mes avec étonnement , furpris de nous trouver tout-à-coup Princes du Sang , du moins
par alliance. C'eft bien dommage , lui dis-je
en riant , que les Finances ne foient pas ad-
miniftrées ici comme en Europe ; nous aurions bien-tôt fait une bonne maifon , fans
avoir befoin d'acheter de la protection par
argent ou par des baffeffes.

Nous nous tranfportâmes donc au nombre
de 57 , pour aller chercher nos marchandifes.
Nous fîmes une efpéce de radeau avec fept
à huit arbres fecs , dont une grande partie étoient creux ; après les avoir bien liés
enfemble avec des racines & des branches ,
nous les mîmes à l'eau , & nous gagnâmes
les rochers. Nous retrouvâmes toutes nos petites affaires comme nous les avions laiffées.
Nous obfervâmes feulement qu'il y avoit fur
nos caiffes grand nombre de branches , &
deux fois plus de feuilles que nous n'en avions
mis ; comme j'étois fort fatisfait de retrouver tout en bon état , je fus peu touché de
cette circonftance.

Avant de repaffer nos marchandifes , nos
Compagnons qui favoient l'avanture de nos
habits , & à qui la curiofité faifoit fouhaiter
de les retrouver , ve 'urent chercher par-tout

Pour nous , qui penfions qu'on pourroit peut-
être encore rencontrer quelques autres caiffes, nous ne nous opposâmes point à leur
bonne volonté : ils nous firent marcher cinq à
fix cens pas dans un bois femé de ronces &
d'épines fort épaifles. Heureufement pour
mon ami & pour moi, nous avions chacun une
peau de Daguir , qui nous couvroit depuis
la ceinture jufqu'aux genoux. Ce bois étoit
de Potchirs, qui eft un arbre à peu près comme le Sapin ; il fe plaît fur les rochers , pouf-
fe fes racines horifontalement, les étend fort
loin , & monte extrêmement haut ; auffi eft-
il expofé aux fureurs des vents. Si la nature
ne lui avoit pas donné beaucoup de foupleffe , il n'y pourroit pas réfifter. Il eft de fait
que quelquefois il eft plié prefque jufqu'à
terre ; dès que l'ouragant eft paffé, il fe releve , & paroît auffi droit qu'il étoit auparavant. Il ne nous étoit pas venu en idée d'aller chercher fi loin nos habits.

Tandis que nous marchions , j'entendis
tout-à-coup un grand cri au-deffus de notre
tête ; je levai les yeux, & je crus voir un homme qui tomboit de branche en branche du
haut d'un de ces arbres ; il s'accrocha pourtant , & n'arriva point jufqu'à terre ; je remar-

quai qu'il avoit la ceinture couverte comme
nous. Plus je parus peiné de ce spectacle,
plus mes camarades rioient. Cela me choqua, & je fus fâché de voir le bon naturel.
de nos Insulaires se démentir, m'imaginant
que ce pauvre malheureux avoit eu peur de
notre nombreux cortége ; je me mis à lui
crier *housir* : mais cela ne servit qu'à redoubler les ris de mes camarades. Dans le moment je me retournai, & je vis Rosvick qui
arrétoit le bras d'un Sauvage qui vouloit dé-
cocher une fléche à celui qui faisoit l'objet
de notre compassion. Plusieurs à l'instant crierent, *chiaraboc*, homme sauvage, terme dont
Madame Rosvick s'étoit d'abord servi en
nous voyant, & un d'entr'eux atteignit d'une
fléche ce misérable, qui tomba à nos pieds.

On ne peut exprimer quelle fut la surprise
de Rosvick & la mienne, quand nous reconnûmes que ce n'étoit qu'un gros Singe, de la
grandeur des Insulaires, & que ce qui lui couvroit la ceinture, étoit l'habit de Rosvick
que cet animal avoit boutonné autour de lui.
Nous ne pûmes pas nous empêcher de rire
à notre tour de l'erreur dans laquelle nous
avions été. Alors on me dit que lorsque cet
animal avoit crié, c'étoit qu'il avoit été tou-

ché d'une premiere fléche que je n'avois pas
vu partir.

Ce premier succès nous encouragea. Nous
apperçûmes un peu plus loin sept ou huit de
ces animaux perchés sur un arbre ; nous en
remarquâmes deux qui étoient couverts
comme le premier qu'on avoit tué. Nos
camarades curieux de nous voir faire usage de
nos armes, nous prierent de les tirer ; Roswick
& moi nous en tuâmes chacun un, & au
moyen de cela nous recouvrâmes, lui sa veste,
& moi la mienne.

Le bruit de nos coups de fusil fit si grande
peur aux autres, qu'ils commencerent à sauter
de branche en branche, & à s'éloigner de
nous avec une vitesse sans égale. En fuyant
ainsi, ils laisserent tomber ma culotte, & nous
vîmes celle de Roswick, qui étoit suspendue
à une branche ; un Sauvage y grimpa, & nous
l'apporta. Comme nous les suivions d'arbres
en arbres, nous découvrîmes un quatriéme
animal, qui d'une de nos chemises avoit fait
une ceinture : Roswick le fit tomber d'un coup
de fusil : il se trouva que c'étoit la mienne ;
mais Monsieur le voleur l'avoit si bien prome-
née de branches en branches, qu'il n'en restoit plus que des lambeaux.

Envain nous pouſſâmes plus loin nos recherches ; nous ne pûmes recouvrer ni mon
habit , ni nos bas , ni nos ſouliers , ni la che-
miſe de Roſwiek. Les Sauvages donnerent de
grands éloges à notre adreſſe , & ne ſe laſſoient
point d'admirer nos armes. Après cette expé-
dition , nous retournâmes chercher nos marchandiſes ; nous les paſſâmes ſur notre radeau ;
& on les emporta ſur des brancards ; em-
ployant huit hommes à chaque barique d'eau-
de-vie.

Quand nous fûmes arrivés à nos cabannes ,
nous leur en donnâmes à chacun un petit coup ;
ils la trouverent fort bonne ; & pour nous diſpenſer d'en donner davantage , nous leur dîmes qu'une plus grande quantité les incommo-
deroit. Notre petit coup d'eau-de-vie les mit
tous de bonne humeur. Lorſque nous les vîmes dans cet état , nous cherchâmes à les
égayer ; & nous mîmes la converſation ſur
nos *chiarabocs* , c'eſt-à-dire , ſur les ſinges dont
je viens de parler.

» Ils nous dirent qu'il y en avoit une aſſez
» grande quantité dans cette partie de l'Iſle ;
» mais qu'ils fuyoient les hommes , & qu'ils
» étoient les animaux les plus farouches & les
» plus malins. Ces ſortes de bêtes , ajouterent

» ils, fe tiennent toujours fur les arbres les
» plus hauts. On ne peut les voir que de loin.
» Ils fautent d'un arbre à un autre avec une
» adreffe incroyable; quelquefois ils tombent,
» mais ils fe tuent rarement, pour l'ordinaire
» ils ne font que fe meurtrir, ce qui ne les em-
» pêche pas de chercher à grimper de nou-
» veau. Ces animaux font auffi traîtres qu'ils
» font malins. Autrefois on en avoit foin, on
» leur donnoit à manger ; on avoit pour eux
» toute la complaifance poffible ; cette race
» maudite en abufoit : loin de s'apprivoifer
» par la douceur comme les autres bêtes, ils
» n'en étoient devenus que plus méchans.
» Quand on ne leur donnoit pas ce qu'ils vou-
» loient avoir, ils mordoient, vous déchi-
» roient avec les ongles. Avec cela, ils étoient
» incapables d'aucun travail. C'eft une efpéce
» naturellement pareffeufe, & qui n'eft pro-
» pre à rien qu'à grimper, comme vous
» voyez, à fauter d'une branche à une autre,
» & à courir après nos femmes & nos filles
» qu'ils aiment mieux que leurs femelles. La
» feule proprieté qu'ils ayent, eft de contre-
» faire l'homme & d'imiter ce qu'ils voyent
» pratiquer. Enfin nous nous en fommes dé-
» faits ; nous leur avons tant fait la guerre

» qu'ils n'ofent plus paroître dans nos campa-
» gnes. On en rencontre de tems en tems
» quelques uns dans les bois qui courent & tâ-
» chent de furprendre quelque animal. Ils ref-
» tent toujours fur la cime de leurs arbres,
» d'où ils ne defcendent que la nuit, pour fai-
» re quelque défordre ; quand ils trouvent
» quelques-uns de nous à l'écart, ils fe met-
» tent plufieurs à l'affaillir. Il n'y a point d'in-
» humanités qu'ils ne lui faffent : on diroit
» qu'ils croiroient que nous fommes faits pour
» les fervir, & que tout leur eft dû. De tous
» les animaux fauvages qui font ici, ce font
» eux qui font le plus de préjudice à nos bleds
» & à nos fruits ; ils gâtent tout. Ils ont pris
» vos habits, parce que leur naturel eft de
» s'emparer de ce qu'ils peuvent attraper. A
» l'égard de l'ufage qu'ils en ont fait, c'eft
» qu'ayant apperçu quelqu'un de nous qui
» avoit la ceinture couverte, la manie qu'ils
» ont de nous contrefaire, les a portés à fe
» couvrir auffi, fans favoir pourquoi. Il n'y a
» pas d'autre raifon à rendre de leur conduite.
» Cependant ne craignez rien d'eux, quand
» vous irez à la chaffe : comme ils font pol-
» trons & timides, le feul bruit de vos fufils
» les fera fuir, quelques nombreux qu'ils

» soient alors. Tout ce que nous vous racon-
» tons, regarde principalement les mâles : car
» quoique les femelles ayent à peu près les
» mêmes mauvaises qualités, cependant elles
» sont beaucoup plus amies de l'homme ; &
» nous voyons de tems en tems des insulaires
» en apprivoiser quelqu'une : alors elles de-
» viennent douces & familieres pour tous ceux
» qui veulent bien les caresser, à l'exception
» de nos femmes qu'elles ne peuvent souffrir.
» On remarque dans cet animal une espéce
» d'esprit qui les rend jalouses. Il y a pourtant
» du danger à les approcher de trop près ; car
» tôt ou tard elles vous occasionnent une ma-
» ladie qu'il est difficile de bien guérir «.

Après que nous eûmes beaucoup discouru
tous ensemble sur cette matiere, notre compagnie se retira, & nous laissa, mon ami & moi,
livrés aux réflexions les plus sérieuses. Il y a en
Europe, disions-nous, bien des gens qui res-
semblent à ces *chiarabocs*. Quel bonheur pour
eux que les hommes qu'ils asservissent n'ayent
pas l'instinct de ces Sauvages grossiers !

Le lendemain, que toute notre pacotille fut
rendue dans nos cabannes, nous prîmes deux
couteaux, deux paires de cizeaux, deux miroirs, deux pistolets de poches, une petite

boëte à poudre , & deux urnes de terre , que
nous remplîmes d'eau - de - vie. Nous fûmes
nous préfenter devant le Roi, & le prier de recevoir nos petits préfens : il en fut flatté.

Nous lui fimes en mêmé-tems nos remercimens des terres qu'il avoit bien voulu nous
donner ; il y répondit d'une façon qui augmenta encore l'idée que nous avions de fa vertu.
» Vous ne m'avez , nous dit-il , aucune obli-
» gation. Ne comprenez-vous pas , mes en-
» fans , que les hommes ne fe font réunis en
» fociété que pour être plus heureux , & qu'ils
» n'ont donné un chef à cette fociété que pour
» rendre plus certain le bonheur qu'ils comp-
» tent y trouver ; c'eft la tête qui eft donnée au
» corps pour conduire les opérations de ce der-
» nier , de façon qu'elles lui foient falutaires.
» Chaque être étant obligé de remplir le but
» de fon inftitution , mon devoir eft de
» faire joüir tous les membres de cette fociété
» de tous les avantages qu'ils ont droit d'en
» attendre. Je ne fuis inftitué Roi que pour
» cet objet. Ne me remerciez donc point de
» vous avoir fait un bien que je fuis obligé de
» vous faire. D'ailleurs tous les biens de l'E-
» tat font à mes Sujets , je n'en fuis qu'admi-
» niftrateur ; la Loi les difpenfe à ceux qui en

» ont befoin ; c'eft la Loi que vous devez re-
» mercier & non pas moi. Je dois au contraire
» vous favoir gré de ce que vous venez de
» m'apporter ; vous n'y étiez pas obligés ; il eft
» jufte que je vous témoigne ma reconnoif-
» fance «.

A ces mots, il fut chercher lui-même un
petit paquet carré & plat , couvert d'une peau
de différentes couleurs ; il nous le donna , en
nous difant : *voilà ce qu'il faut que vous fachiez*
pour vous & pour les autres. Rofwick & moi,
nous le reçûmes ; & dès que nous fûmes de
retour , notre premier foin fut de l'ouvrir.

CHAPITRE V.

Loix du Pays. Les Piacours & les Sottards,
animaux singuliers. Observations &
découvertes sur ces objets.

LE paquet dont je viens de parler, con-
tenoit trois écorces d'arbres, telles que
je les ai décrites précédemment. Sur la premiere étoient peints en gros caracteres de la
Langue du Pays, ces mots : *Bif crafou ba faf,*
aguir bif lamok faf crafou ba bif ; mot à mot :
Toi faire pour lui, comme toi vouloir que lui
faire pour toi, c'est-à-dire, qu'il fasse pour
toi. Sur la seconde nous lûmes : *Brakis ba tin-*
ker bingrad ; mot à mot : Mort pour rompre ferment. Sur la troisiéme : *Rofindare dry*
touldras tarchir dry touldras hir goudauft dry
mani kchourak dry tras ; mot à mot : Obéis-
fance au Dieu d'en-bas, respect au Dieu d'en-
haut, honneur aux vieillards, amour à tous.

Rofwick & moi nous avons apporté chacun un petit Livre de cette espéce, afin qu'on
puisse voir en original des loix & une morale

ſi ſimples & ſi admirables. C'eſt ici le lieu de dire que ce petit Livre eſt le même que celui qui pendoit ſur la poitrine des Conſeillers du Roi, & qu'ils baiſoient *amoroſo*, avant d'é‑ couter & de parler au Conſeil. Nous apprîmes quelque tems après que la ſeule marque de diſtinction qu'on leur donne, eſt le droit de porter ainſi ce Livret, & ils ne peuvent jamais être ſans cette décoration ; la raiſon qu'on nous en rendit, eſt que cela fait deux effets : Le premier, d'avertir le peuple que ces Mi‑ niſtres ont toujours préſentes les Loix dont le dépôt leur eſt confié ; qu'ils en ſont plus pé‑ nétrés que tout autre : par ce moyen, on les regarde comme étant, pour ainſi dire, la loi elle-même, & la vue de leur perſonne enga‑ ge naturellement à s'y conformer. Le ſecond effet eſt auſſi important que le premier, c'eſt de rappeller ſans ceſſe ces mêmes Miniſtres à une obſervation étroite de la Loi, en leur fai‑ ſant comprendre qu'ils doivent l'avoir à cha‑ que moment dans la tête & dans le cœur, & la faire briller dans toutes les démarches qu'ils font.

Quoique nous n'euſſions trouvé dans le Co‑ de de Waiſerdan, qu'un ſeul cas ſujet à la peine de mort, nous comprîmes qu'il pou‑

voit fe multiplier, & devenir fréquent Nous n'avions cependant point vu d'exécution de cette nature depuis que nous étions dans l'Ifle. Nous cherchâmes donc à nous éclaircir ; & quoique nous n'euffions fait encore aucun ferment que celui de notre mariage, nous étions toujours fur le qui-vive, & nous appréhendions de pécher par ignorance. Nous crûmes que nous ne pouvions pas mieux faire, que de nous adreffer au vieux Confeiller, qui s'étoit déclaré fi ennemi de ma peau, & qui étoit venu chez moi une fois avec le Roi.

Nous fûmes le trouver ; & quand nous lui eûmes expofé le fujet de notre vifite, il nous loua, & nous dit enfuite : » Mes amis, écou-
» tez – moi. Voici le tems qui approche où
» chacun renouvelle fon ferment ; vous de-
» vez le faire comme les autres ; ainfi il eft
» bon que vous fachiez à quoi il vous en-
» gage. « En même-tems il nous préfenta ce Serment écrit fur deux écorces. Je vais le rendre dans le même ordre qu'il étoit diftribué.

» Nous nous engageons publiquement de
» tout facrifier pour la patrie.

» Nous nous engageons publiquement d'a-
» voir pour le Roi obéïffance & fincérité.

» Nous

» Nous nous engageons publiquement de
» secourir nos freres en danger de la vie, & de
» les traiter comme nous-mêmes.

» Nous nous engageons publiquement de
» garder la foi conjugale, tant que nous se-
» rons mariés.

» Nous nous engageons publiquement de ne
» rien prendre ou retenir qui ne nous appar-
» tienne pas.

» Nous jurons, sous peine de mort, de
» garder les engagemens qui sont ou seront
» contractés publiquement envers la patrie,
» le Roi & nos freres.

» Ainsi, mes enfans, continua-til, vous
» avez déja contracté un engagement public
» par le serment que vous avez prêté au Tem-
» ple lors de votre mariage, & ni vous ni vos
» femmes ne pouvez avoir commerce avec
» d'autres, sans encourir la peine de mort;
» à moins que vous ne rompiez publi-
» quement & d'un commun accord l'engage-
» ment qui vous lie les uns aux autres. Les
» filles & les garçons jouissent ici sur cet ar-
» ticle d'une pleine liberté, parce qu'ils ne
» se sont donnés à personne. Mais nous te-
» nons pour infâme quiconque manque à un

» engagement public, de quelque nature qu'il
» foit, & nous le retranchons de la fociété ;
» nous croyons que, s'il eft capable de man-
» quer à celui-là, il ne tiendra pas plus les
» engagemens particuliers. N'eft-il pas jufte
» que la fociété, qui ne peut plus compter
» fur lui, le regarde comme un membre
» mort qu'il faut promptement féparer des
» autres ? Vous pénétrez fans doute les autres
» parties du Serment : il eft inutile de vous
» expliquer que ne pas fauver la vie à fon
» frere, quand on le peut, c'eft en être ho-
» micide. Vous concevez bien qu'un tout ne
» peut fe conferver qu'autant que fes parties
» concourrent entr'elles à leur confervation :
» que la fociété des hommes eft un tout, &
» qu'ainfi elle ne peut fubfifter, fi fes mem-
» bres ne font pas difpofés à fe prêter refpec-
» tivement leur fecours. D'ailleurs, pour vous
» guider dans votre conduite, vous n'avez
» qu'à confulter notre premiere Loi. Exami-
» nez ce que vous voudriez qu'on fît pour
» vous, faites-le pour les autres, & jamais
» on ne portera devant le Roi des plaintes
» contre vous. S'il arrive que quelqu'un man-
» que vis-à-vis de vous à cette Loi, vous
» pouvez le citer au Tribunal du Prince, il

» fera condamné, à votre profit, en des ré-
» parations utiles, à proportion du préjudice
» que fon refus aura pu vous caufer. Afin que
» nous ne perdions point de vue nos devoirs
» & nos obligations, tous les ans on nous
» fait réitérer notre ferment dans le temple «.

Nous remerciâmes notre vieux Confeiller,
& nous le quittâmes. Rofwick me dit alors:
» Eh bien, mon ami, tu vois que je ne m'é-
» tois pas trompé dans mes conjectures : c'eft
» ici la Loi naturelle toute pure. Plus nous
» vivrons dans ce pays, plus nous en ferons
» convaincus. Ma foi, lui répondis-je, la
» Loi naturelle eft fort belle, je le veux bien ;
» mais avec le goût que je te connois pour
» les femmes, j'ai bien peur que tu ne te
» faffe pendre. Tu faufferas la foi conjugale ;
» la femme le faura, adieu Rofwick, Rof-
» vick fera pendu. Il eft vrai, repliqua-t'il,
» que cette Loi me paroît un peu roide ; fi
» on l'a propofoit en France ou en Angle-
» terre, je ne fai fi les femmes ne s'y op-
» poferoient pas autant que les hommes. Il
» n'y auroit tout au plus que quelques vieux
» Magiftrats qui pourroient opiner pour el-
» le. Ce feroit le fecond tome de la prohi-
» bition du mariage des Prêtres : fans les

F ij

» vieux Evêques, elle n'auroit point paſſé au
» Concile de Trente.

Mais, lui dis-je, cette Loi ne me paroît pas
ſage, car elle doit détourner du mariage, ſur-
tout dans un pays où les filles & les garçons
jouiſſent d'une liberté ſans bornes. » Point du
» tout, reprit-il, notre homme nous a dit
» qu'ils pouvoient être diſſous d'un commun
» accord ; ainſi quand on eſt las l'un de l'au-
» tre, on peut recouvrer ſa liberté ; & com-
» me le dégoût n'eſt point avantageux au lit
» nuptial, je m'imagine que dès qu'une fem-
» me s'apperçoit qu'il ſurvient, elle donne
» volontiers les mains à la rupture, pour
» rentrer dans tous ſes droits. D'ailleurs,
» n'importe à qui les enfans reſtent ; on
» donne des terres à proportion que votre fa-
» mille augmente ; ainſi vous n'êtes jamais
» ſurchargé, & vous avez du moins l'avanta-
» ge de jouir en paix de votre union, tant
» qu'elle ſubſiſte. Si en propoſant cette Loi,
» on y faiſoit l'addition de la liberté des filles
» & des garçons & de la facilité du divorce,
» je gage qu'elle ſeroit reçue *unâ voce*, quand
» même les deux ſexes & les gens d'Egliſe
» ſeroient admis à l'opinion. Je ne crois pas
» du moins que ces derniers s'y oppoſaſſent ;

» il y auroit plus de liberté, plus de Baptê-
» mes & plus de mariages ; ils y gagneroient
» de toutes les façons «.

On voit bien dans ce difcours que c'eft un
Anglois qui parle. Ces Meffieurs n'aiment pas
nos Prêtres : franchement, dans la pofition où
nous nous trouvions, ils ne me doivent pas
favoir mauvais gré de n'avoir pas été leur Dom
Quichotte.

Deux mois s'écoulerent, fans nous fournir
rien de remarquable, à l'exception de deux
découvertes que nous fîmes ; l'une d'un mé-
tal fufible, à peu près comme du plomb ; nous
nous en fervîmes à faire des balles pour nos
piftolets & nos fufils. La feconde paroîtra
beaucoup plus finguliere, & le Lecteur aura
peut-être peine à la croire ; mais j'avertis d'a-
vance que je ne vais rien affurer que ce que
j'ai vû moi-même plufieurs fois.

Nous réfolûmes un jour, Rofwick & moi,
de nous avancer vers la côte méridionale de
l'Ifle, pour y chaffer dans des bois qui étoient
peu fréquentés. Nos femmes voulurent être de
la partie, & nous n'étions pas venus au point
d'être fâchés de les avoir avec nous. Nous portâmes du pain & de l'eau-de-vie pour plufieurs
jours. Nous y trouvâmes une quantité affez

confidérable d'efpéce de cochons de diverfes groffeurs & grandeurs : ils different cependant de ceux de notre pays , par les pattes qu'ils ont comme un finge , & en ce qu'ils n'ont point de queue. On les appelle dans le pays *Piacour.* Il y en a qui font tous blancs , d'autres qui font pies ; la couleur la plus commune eft le noir ou le brun : on tient dans le pays qu'il y a du venin dans leur morfure , mais je n'en fuis pas fûr.

Un autre trait à remarquer , c'eft qu'ils different encore des autres animaux, en ce qu'ils font en feu toute l'année. La plûpart étoient fi gras , qu'ils ne pouvoient prefque pas marcher. D'abord nous en tuâmes deux , un gros & un petit qui paroiffoit fort jeune. Celui-ci étoit affez tendre , mais l'autre étoit coriaffe au point qu'il ne fut bon à rien.

L'intéreffant de notre découverte , le voici. Ces animaux ne parviènnent à ce degré énorme de graiffe , que parce qu'ils n'ont aucune fatigue. La nature femble avoir créé d'autres animaux pour les fervir : ceux de cette derniere claffe font fort curieux ; ils ont le corps & les pattes comme un finge ; la tête d'un âne , armée d'un bois de cerf, & deux aîles courtes comme celles d'une Autruche , qui ne leur permet pas de s'élever. Quelquefois ils font rentrer leurs pattes en dedans comme un hériffon ; & au lieu de s'en fervir pour marcher ou courir , ils ne font que remper. Voilà les animaux fur lefquels regnent les Piacours, & qu'on nomme *Sottards.*

Ces pauvres bêtes travaillent tout le jour pour apporter la nourriture aux Piacours, & il arrive fouvent que ceux-ci ne pouvant pas tout confumer, font fous terre des magafins qui regorgent de provifions, tandis que les Sottards en manquent. On croiroit peut-être que ces efpéces de domeftiques font, dans le befoin ; nourris par leurs maîtres, mais point du tout : Les Piacours défendent opiniâtrément l'entrée de leurs magafins ; & ils ont l'inhumanité de laiffer périr de faim ceux qui leur ont apporté toutes leurs richeffes.

Telles font les premieres particularités que nos femmes nous apprirent. D'abord nous n'en voulûmes rien croire, & nous prîmes feulement la réfolution de faire par nous-mêmes toutes les obfervations poffibles fur un objet fi fingulier &.fi contraire aux regles de la nature. Mais comme nos provifions ne pouvoient pas nous mener bien loin , & que nous craignions de nuire à nos obfervations, en

F iiij

épouvantant ce animaux , nous prîmes le parti de nous en retourner.

Trois jours après , tous les Infulaires fe raffemblerent dans le Temple , dans lequel on avoit pratiqué des gradins ; ils pouvoient être au nombre de dix-huit mille. Le Serment dont j'ai parlé fut lu tout haut par le Roi. A la fin de cette lecture , chacun répondit , & tous enfemble , OG CRAFOU BINGRAD , *moi faire ferment*. Après cela mon vieux Confeiller monta fur le même amphitéâtre où étoit le Roi , & lut très-pofément.

» Je jure d'avoir tous mes Sujets pour enfans.

» Je jure de ne plus reconnoître de parens.

» Je jure que tous me feront égaux , & que je veillerai pour tous.

» Je jure de faire obferver les Loix par tous fans diftinction.

» Je jure de ne regner que pour faire du bien à tous.

» Je jure de reconnoître au-deffus de moi la juftice.

Quand on eut lu ces fix articles , le Roi dit

tout haut : OG CRAFOU BINGRAD, comme
ci-deſſus. Auſſi-tôt le vieux Conſeiller reprit
la parole, & prononça du même ten : PIADER
IRAK LOUCHALDIC TRAS. On ſait ce que
cela ſignifie. Le peuple répondit encore en
chœur : SAF LONACHIL, SAF CAMPIRACK
MINKIR ; *Lui vivre, lui régner toujours.* Voilà
toute la cérémonie qui ſe réïtere tous les ans
au commencement de l'année, qui, ſelon eux,
ſe renouvelle au mois de Mars. J'ai rendu les
Sermens du Peuple & du Roi en bon français,
afin que chacun pût en entendre la force.

Comme la terre n'avoit encore rien produit dans cette ſaiſon, nous crûmes que ce
tems ſeroit le plus propre aux obſervations
que nous avions projettées. Ayant donc pris
tous les quatre du pain pour douze jours & de
l'eau-de-vie, nous nous enfonçâmes environ
ſix lieues dans les mêmes bois dont j'ai parlé.
Nous rencontrâmes d'abord un Sottard ; ma
femme le tua ; & c'eſt par-là que nous pûmes apprendre la conformation de ces animaux. Les Waiſerdans ne les tuent point ordinairement, parce que la chair n'en eſt pas
bonne à manger : auſſi ne voulions-nous que
ſatisfaire notre curioſité. Nous remarquâmes
fort bien que ce pauvre animal étoit ſi mai-

F v

gre que les os lui perçoient la peau. Nous vîmes paſſer pluſieurs autres Sottards , ſans leur
faire aucun mal. Un peu plus loin nos deux
femmes tuerent un jeune Piacour ; nous les
laiſſions faire , dans la crainte que le bruit de
nos fuſils n'épouvantât ces animaux. Dans le
même buiſſon d'où il avoit parti , Madame
Roſwick apperçut un autre animal ; elle lui
décocha une fléche , & le perça de part en
part. Nous y courûmes auſſi-tôt, croyant que
c'étoit encore un Piacour ; mais point du tout,
c'étoit une Sottarde qui nous parut jeune , &
qui étoit en aſſez bon état. Il ne faut pas
que cela vous étonne , nous dirent nos femmes , les Piacours aiment beaucoup les Sottardes , ils courent ſans ceſſe après elles , &
ils les laiſſent entrer volontiers dans leurs magaſins. *Une bonne notte à faire* , me dit Roſwick. Son idée nous fit rire tous quatre , mais
nos femmes n'en connoiſſoient pas toute la
portée.

A force de parcourir les bois , à vingt pas
l'un de l'autre , Roſwick apperçut une grande ouverture, à peu près comme une entrée
de cave ſouterraine ; il nous appella. Dès que
nous fûmes à l'embouchure de ce ſouterrain ,
nous entendîmes un grand bruit, mais nous

ne pouvions voir ce qu'il y avoit dedans. Nous
ne trouvâmes point d'autre fecret que d'envoyer nos femmes chercher beaucoup de bois
fec, pendant que mon ami & moi nous gar-
dions la porte de ce fouterrain. Au moyen du
feu que nous allumâmes, nous vîmes une
trentaine de Piacours. Ces animaux, foit pour
s'enfuir, foit pour nous chaffer, fe mirent
en mouvement, comme s'ils euffent voulu venir fur nous; mais nous leur lâchâmes deux
coups de fufils, & deux coups de piftolets,
pendant que nos femmes de leur côté faifoient avec leurs arcs la même manœuvre. Il
y en eut douze ou treize de bleffés cruelle-
ment. Les autres eurent fi grande peur, qu'ils
fe coucherent par terre fans ofer remuer. Nos
armes rechargées, nous nous avançâmes, le
fufil bandé, & le fabre à la main. Nous prîmes tous ces animaux les uns après les autres : nous en tuâmes encore quelques-uns
qui vouloient nous mordre, & nous laiffâmes
fortir ceux qui n'étoient pas bleffés.

Ayant remarqué que dans un recoin de
cette cave il y avoit une autre plus petite ouverture, nous nous fîmes encore apporter du
bois, & ayant allumé un peu de feu clair,
nous y vîmes un magafin confidérable, tant

en bleds du pays qu'en fruits de toutes fortes , & quatre Sottardes qui nous parurent à peu près comme celle que nous avions tuée. Assurément elles n'étoient pas dans un état à nous faire présumer qu'on les fît jeûner. Quand ces pauvres bêtes se virent prises , loin de chercher à nous faire du mal , elles se coucherent à nos pieds ; nous les laissâmes aller , & nous nous retirâmes bien-vîte , parce que la fumée de nos feux ne nous permettoit pas d'y rester plus long-tems. De tous nos morts nous n'emportâmes que le plus petit , pour qu'il pût nous aider à vivre.

Ce qu'il y a de remarquable encore en ceci , c'est que je peux certifier que de plus de dix-sept Piacours qui me passerent par les mains , il n'y avoit pas une femelle , & Roswick fit la même observation. Nous nous retirâmes à 30 pas de cette tanniere pour vuider notre animal & le dépouiller. Nous nous fîmes un lit de feuilles dans le plus épais du bois , & nous y passâmes la nuit , chacun tour-à-tour montant la garde.

Le lendemain matin , dès la pointe du jour, nous grimpâmes sur des arbres fort élevés , à portée de voir l'entrée du souterrein. D'abord nous vîmes quelques Sottards qui broutoient de méchantes racines, & qui paroiſſoient auſſi maigres que le premier. Peu après nous vîmes revenir en troupe les Piacours. Je croi qu'ils s'étoient ameutés; ils rentrerent dans la tanniere, & ils ſe mirent à tirer dehors avec les dents ceux morts & bleſſés que nous y avions laiſſés. Nous obſervâmes encore que quand un Sottard paroiſſoit à l'entrée de cette tanniere, pluſieurs Piacours ſortoient, le mordoient & le forçoient de s'éloigner. Outre l'ingratitude de cette eſpéce d'animal, il eſt encore cruel; nous le reconnûmes à la façon dont ils traitterent un pauvre Sottard & les autres Piacours qui n'étoient que bleſſés.

Nous paſſames ainſi deux jours à faire ſentinelle, deſcendant ſeulement de tems en tems pour boire & manger, & le ſoir pour nous coucher. Le troiſiéme nous eûmes un autre ſpectacle; une Sottarde parut près de la tanniere. Les femelles ſont aiſées à reconnoître, elles n'ont point la tête armée du même bois que les mâles. Dans le même moment ſortirent deux Piacours de moyenne taille, ils la firent entrer dans leur trou. Roſwick me dit en riant : » Camarade, il y a » long-tems que tu n'as jugé; rends un Arrêt » contre ces coquins-là. Je le veux, lui ré-

» pondis-je ; la Cour ordonne que le premier
» qui paroîtra , fera mis à mort , & je te fais
» Exécuteur des hautes-œuvres. Tu n'en feras
» pas dédit, repliqua-t'il « , & dans le moment il caffa la tête à un Piacour qui parut à
la porte. Nous defcendîmes , & après l'avoir
coupé par morceaux , nous fongeâmes à
aller plus loin. Rofwick me propofa de rentrer dans la tanniere, mais il en fortoit une
fi mauvaife odeur, que je n'en fus point du
tout tenté.

Nous marchâmes toute la journée, fans
rien voir de curieux. Le lendemain , fur le
midi , j'apperçus un petit fouterrein qui n'é-
toit pas bien profond. En y entrant, Rofwick
tua un Piacour d'une groffeur prodigieufe ; il
y étoit feul avec un magafin très-confidérable
& une Sottarde qui nous parut fort pleine.
Nous l'attachâmes par le col avec des racines ,
& nous la contraignîmes ainfi de nous fuivre.

Le furlendemain , dès la pointe du jour ,
nous entendîmes à notre réveil un bruit comme feroit celui du grognement de plufieurs
cochons. Ma femme monta fur un arbre
pour obferver ce qui fe paffoit ; elle vit à cinquante pas une ouverture dans le goût de la
premiere dont j'ai parlé. Pour tirer plus de

parti de cette nouvelle découverte, nous réfolûmes de ne point faire de bruit, & d'obferver foigneufement ce qui fe paffoit. Tout
ce que nous pûmes remarquer, c'eft qu'il fortoit de ce trou un Piacour mâle qui alloit &
venoit, & quand il étoit entré, il en reffor-
toit un autre. Ce manége dura tout le jour,
fans que nous viffions paroître aucune fémelle.
Ayant donc conclu que c'étoit encore une
troupe de Piacours mâles, comme dans le
premier fouterrein, nous prîmes la réfolution de les immoler tous à notre curiofité.

Nous fîmes la même manœuvre que nous
avions déja pratiquée, & au moyen de nos
armes, & du bois que nous allumâmes, nous
parvinmes bien-vîte à nous rendre maître de la
place. Nous fûmes fort furpris d'y trouver
neuf Piacours fémelles, & deux mâles feulement, qui étoient à peu près de la même groffeur de celui que nous avions trouvé feul avec
une Sottarde. Ils étoient les mêmes que nous
avions vû fortir alternativement. Leur magafin n'étoit pas non-plus mal-fourni : Ou ces
animaux font d'une grande confommation,
ou il y avoit bien de quoi les nourrir pendant
deux ans. La feule différence qu'il y avoit
entre cette tanniere & la premiere, c'eft que

celle-ci avoit l'entrée fermée à moitié, de maniere qu'il n'y pouvoit paſſer qu'un animal à la fois. Cette rencontre nous mit à même de confronter les mâles avec les femelles, & nous obſervâmes qu'elles ont autour du col une eſpéce de criniere beaucoup plus longue que celle des mâles, qui eſt fort courte.

Plus nous nous enfoncions dans les bois, plus nous les trouvions impénétrables. Cette Circonſtance nous fit prendre le parti de nous en retourner. Nous emmenâmes avec nous la Sotarde pleine que nous avions trouvée, & nous arrivâmes au bout de quatre jours à notre cabanne.

Comme nous prîmes une autre route, nous trouvâmes encore trois retraites de Piacours; nous les viſitâmes toutes. Dans la premiere, qui avoit auſſi l'entrée bouchée à moitié, nous trouvâmes ſix fémelles & un mâle. Dans la ſeconde, dont l'entrée étoit libre, onze mâles & deux Sottardes. Dans la troiſiéme, ouverte de la même maniere, douze mâles, & point de Sottardes. Croyant nous être trompés dans notre examen, nous cherchâmes dans le plus profond du ſouterrein; ayant apperçu une ouverture, nous nous y enfonçâmes, à l'aide de pluſieurs branchages tortillés & allumés, &

nous parvinmes ainfi à une autre tanniere où
il y avoit quatorze femelles. L'entrée externe
de cette derniere fe trouva tellement embar-
raffée de bois, de ronces & d'épines, qu'il
nous fallut revenir par le même fouterrein.
Cette efpéce de communauté nous parut du
moins plus réguliere que les autres. Chaque
tanniere avoit fon magafin. Nous obfervâmes
que ces Piacours fémelles n'étoient point abfolument épouvantées ; leur frayeur ne dura
qu'un moment ; après quoi elles fe laifferent
manier tant qu'il nous plut ; elles fembloient
même y prendre plaifir.

Le lendemain à notre retour, je racontai
notre voyage à notre vieux Confeiller, qui
vint nous voir. Il me dit d'un ton grave :
» qu'originairement les Piacours étoient des
» habitans du Soleil ; qu'ils tomberent dans
» cette Ifle, fans qu'on fache comment ;
» qu'on eut foin d'eux, comme on a pris foin
» de nous. Que comme ils étoient fort labo-
» rieux, on leur donna un grand canton de
» l'Ifle à cultiver ; qu'ils s'en acquitterent
» très - bien ; & quoi qu'ils fuffent devenus
» fort nombreux en peu de tems, leur fru-
» galité & la grandeur du terrein qu'ils pof-
» fédoient, les mettoient à portée de fecourir

» ceux qui étoient dans le besoin : aussi ;
» ajoûta-t'il , avoient-ils gravé sur l'entrée de
» chacune de leur cabanne la Loy du pays :
» *Fais pour lui , comme toi vouloir que lui faire*
» *pour toi.* Au moyen des grandes charités qu'ils
» faisoient on les avoit exemptés du R**IGI-**
» **BOK** qui est le subside ordinaire que cha-
» que arpent de terre paye à l'Etat. D'ailleurs
» la médiocrité de leurs fonds par proportion
» à ceux du pays faisoit que cette exemption
» n'étoit point un fardeau pour les autres Ci-
» toyens. Ces mêmes fonds s'étant dans la
» suite considérablement augmentés , leurs
» mœurs se corrompirent dans l'abondance.
» Nous eûmes plusieurs années de guerre avec
» les Pingades nos voisins ; on fut obligé de
» négliger les terres ; les vivres devinrent ra-
» res ; comme ces nouveaux habitans n'alloient
» point à la guerre , & qu'ils ne s'occupoient
» que des Domaines , le Prince ordonna qu'ils
» fourniroient des vivres à ceux qui en man-
» queroient ; ils ne voulurent point y con-
» sentir. On eut beau leur réprésenter que vis-
» à-vis du grand nombre de fonds qu'ils possé-
» doient alors , leurs immunités ne pouvoient
» plus subsister en entier, sans énerver con-
» sidérablement les forces de l'Etat ; qu'ils

» en étoient eux - mêmes des membres ;
» qu'en cette qualité ils devoient concourir
» à sa conservation , & de la maniere qui leur
» étoit prescrite par l'autorité publique à la
» quelle ils étoient soumis comme sujets ;
» qu'enfin dans un Etat il n'y avoit aucune
» Puissance au-dessus de l'Etat , & qu'ainsi
» il pouvoit réformer dans un tems ce qu'il
» avoit établi dans un autre » ; toutes ces raisons ne les persuaderent point : ils se revol-
lerent.

Sur ces entrefaites le Soleil s'éclipsa ; » ils
» annoncerent partout que le Dieu d'enhaut
» alloit venger l'injustice qu'on leur faisoit,
» que tout alloit périr. Alors on entendit un
» grand tonnere, & ces méchantes gêns fu-
» rent tous changés en Piacours, comme
» vous les voyez ; car avant eux il n'y en avoit
» point dans cette Isle. L'Etat s'empara des
» terres qu'on leur avoit données , & on les
» distribua , comme on fait aujourd'hui à tous
» ceux qui en avoient besoin.

Je n'eus garde de contredire la Relation
chimérique du vieux Conseiller. Je gémis
seulement en moi-même de voir que les gens
les plus sages n'étoient point exempts de quelques superstitions.

A l'égard des services que les Sottards rendent aux Piacours , je peux certifier encore
qu'ils font certains : Rofwik & moi nous en
avons été témoins nombre de fois pendant la
révolte. Comme il a pouffé plus loin que moi
fes recherches fur cette partie , je préfume
que fes Mémoires pourront entrer dans un
plus grand détail ; & je répons d'avance qu'il
n'eft pas homme à en impofer. D'ailleurs , on
peut bien croire nos récits , ils ne contien-
nent rien de plus merveilleux en foi que ce
qui fe paffe dans le Gouvernement des Abeil-
les , & dans celui de Caftors. Bien plus fi
nous en croyons certains voyageurs , il y a dans
des pays chauds des animaux à peu près , de
l'efpéce des Piacours , mais qui font encore
bien plus extraordinaires ; & Gulliver , que
j'ai beaucoup connu depuis mes voyages ,
m'a affuré qu'il favoit de fcience certaine que
les Sottards n'étoient point rares en beaucoup
de pays.

CHAPITRE VI.

Mort de nos Femmes. Cérémonies grotesques de l'Enterrement. Nous nous remarions. Avanture plaisante des Miroirs. Religion, Médecine, Mœurs & Gouvernement des Wayserdans. Maison & Conseil du Roi. Monstre singulier, né d'une Sottarde & d'un Piacour. Leur maxime sur la Guerre. Ambassadeur des Pingades. Objet de l'ambassade. Origine des Pingades. Nous y sommes envoyés en ambassade.

NOUS jouissions, Roswick & moi, dans notre Isle, d'une grande réputation. On avoit conçu de nous une très-haute idée de sagesse. On nous regardoit par-tout comme des CHIROCABA, *des hommes divins.* Il n'y avoit qu'une seule chose qui faisoit une espéce de contrepoids. Nos femmes ne devenoient point grosses; nous en étions charmés; mais cela faisoit un mauvais effet parmi les Insulaires. La même raison qui les empêcha d'avoir des enfans, fut aussi la cause de leur

mort : elles avoient trouvé l'eau-de-vie si bonne, qu'elles en buvoient comme nous buvons
du vin en France ; elles n'y réfifterent pas
long-tems. Elles moururent à un mois l'une
de l'autre, avant que l'année de notre mariage fût révolue. La mienne partit la premiere ;
j'en fus fâché, j'y étois accoutumé ; & comme elle étoit fort compatiffante, fon humeur
s'accordoit affez bien avec mon caractere.

Nous fûmes témoins d'une cérémonie, qui
n'eft gueres moins extravagante que l'idée de
nos Infulaires fur le compte des Piacours.
Ces bonnes géns croyent qu'il y a en nous un
principe de vie qui eft diftinct & féparé du
corps, dans lequel il demeure tant qu'il lui
plaît, & qu'il quitte auffi quand la fantaifie
lui en prend. Dans l'incertitude de favoir si ce
principe de vie prendra congé tout-à-fait de
fon hôte, pour en aller chercher un autre, ou
s'il ne lui prendra point envie de revenir, ils
expofent le cadavre fur une natte pendant huit
jours, & chaque jour on lui fert à boire & à
manger, afin que si le principe de vie venoit à reprendre poffeffion de fon ancien ap-
partement, il pût trouver tout ce qui eft néceffaire, & être engagé à féjourner de nouveau : auffi lui parle-t'on à tout moment, pour

l'engager à ne point changer de logis. Quand
le terme eſt expiré, & que le principe de vie
n'eſt pas revenu, ils chargent le corps de perles fines, qui ſont aſſez abondantes dans le
pays ; puis ils vont le jetter à la mer.

Ce cérémonial choqua Roſwick extrêmement ; mais je lui obſervai qu'en France nous
avions le même uſage, quoique nous n'euſſions pas ſur cet article de idées auſſi extra-
vagantes. Je lui dis que lorſqu'un grand Seigneur mouroit, on le ſervoit auſſi pendant
huit jours ; qu'il recevoit pendant ce tems des
viſites de cérémonie, & qu'il n'étoit pas plus
ridicule de couvrir de perles ce corps qu'on
jettoit aux poiſſons, que parmi nous d'embau-
mer ce qui devoit être la pâture des vers. » Ma
» foi, mon ami, me répondit-il, j'ignore ſi
» c'eſt la coutume d'Angleterre ; mais ſi elle
» eſt ridicule & abſurde ici, elle l'eſt bien
» davantage parmi des peuples qui ſont éclai-
» rés des lumieres du Chriſtianiſme. Ces gens
» ci ont du moins une eſpéce de raiſon, au
» moyen de la liberté du retour qu'ils accor-
» dent au prétendu principe de vie qu'ils nous
» prêtent. Mais des Peuples Chrétiens donner
» dans de pareilles extravagances ! cela me
» paſſe. Quel peut-être leur motif ? Que peu-

» vent-ils prétendre ? Veulent-ils nourrir cd
» corps mort ? Veulent - ils donner à man-
» ger à fa mémoire ? Après tout je ne trouve
» pas plus extravagant de voir fervir un mort,
» que de voir l'humilité de l'Evangile rouler
» en caroffe à fix chevaux ; ou le *Servus fervo-*
» *rum* fouler aux pieds les Couronnes des Em-
» pereurs , & être ainfi le *Dominus Domino-*
» *rum* : l'un ne jure pas plus que l'autre «·

Comme je voyois que Rofwick alloit moralifer à l'Anglaife , je rompis la converfation.
Cependant je lui obfervai que cette pompe
dont il faifoit un crime, étoit méprifée de ceux
mêmes qui la mettoient en pratique ; mais
que le préjugé du peuple leur en faifoit une
obligation , & les mettoit dans la néceffité de
lui en impofer par les dehors. Dans la crainte
qu'il ne revint à la charge , j'ajoutai promptement en riant : » Qu'une chofe devoit nous
» confoler de la mort de nos femmes ; nous
» ne ferons plus , lui dis-je , en danger de
» nous faire pendre , & nous aurons le plaifir
» de voir toutes les Wayferdanes courir après
» nous. Tu as raifon, me répondit Rofwick»,
» à Rome comme à Rome. Diable m'emporte
» fi je me remarie «.

Nous paffâmes ainfi trois mois en pleine
liberté {

liberté ; & j'avoue à ma honte que , si le sexe avoit été dans ce pays comme il est à Paris, ç'eût été pour moi un Paradis terrestre. Je me serois très-bien accoutumé à cette partie de la Loi naturelle. Mais ce tems expiré , il nous vint un Capichoc , qui est une espéce d'Huissier du Cabinet ; il arriva à notre cabanne avant que nous en fussions sortis pour aller au Temple ; il nous somma d'y venir pour y recevoir les ordres du Roi. Nous nous y rendîmes. La priere faite, on nous fit monter sur l'Amphitéâtre. Le Roi s'avança sur le bord entre nous deux , & dit tout haut : *Ces deux hommes n'ont point encore eu d'enfans ; s'ils ne se marient dans huit jours , la Loi les déclare* DACHOURI, *qui signifie* infâme. Ce petit avis nous déplut fort. Nous sentîmes bien qu'il falloit de nouveau s'exposer à la corde. Nous consultâmes à ce sujet notre vieux Conseiller , qui nous dit fort obligeamment que » la liberté dont jouissoient les gens non mariés, » étoit contraire à la propagation de l'espéce , » & que cette observation avoit établi deux » régles parmi eux. La premiere, que lorsqu'on auroit atteint l'âge de 14 ans , on seroit contraint de se marier; la seconde , que » pendant son mariage on perdroit cette mê-

» me liberté. Nous avons concilié en cela le
» bien public de la fociété, avec la liberté
» qui appartient naturellement à chaque par-
» ticulier. D'ailleurs, quand on a eu des en-
» fans, & que le mariage eft diffous, foit par
» mort, foit par le confentement mutuel,
» on n'eft plus tenu à rien.

Nous fongeâmes donc à prendre notre parti, au rifque de faire boire force eau-de-vie
à nos futures, fi elles ne nous convenoient
pas. Dumoins, c'étoit le reméde que Rofwick
trouvoit à ce malheur. Enfin nous prîmes encore une fois pour femme, chacun un petit
animal à poil.

Les cérémonies de nos mariages fe paffe-
rent comme je l'ai déja raconté. Six mois s'é-
coulerent fans aucun événement remarquable.
Nos femmes devinrent groffes; nous n'en fûmes point furpris : elles vivoient fort fage-
ment, & ne buvoient prefque point d'eau-de-
vie. Je m'apperçus par les propos que cela
augmentoit encore la vénération qu'on avoit
pour nous. Nous fûmes encore, quelque-tems
après, témoins d'une fcène affez divertiffante.
Il y avoit déja plus de quinze jours que nous
entendions parler d'une merveille qu'on di-
foit furprenante, & qui fe trouvoit fur les ro-

thers de *Lapudarnac* ; c'étoient ceux où nous avions retrouvé partie de nos habits. Nous fîmes, nos femmes & nous, la partie d'aller voir ce phénomène qu'on nous vantoit tant ; fans toutefois qu'un récit pût s'adapter avec un autre.

En arrivant dans ces bois, je trouvai cinq ou fix cens perfonnes, tant hommes que femmes, qui quand ils nous apperçûrent, nous crierent : *Approchez & venez voir.* Cette populace ignorante regardoit, la bouche béante & les mains élevées en l'air, différentes figures qui, nous dirent-ils, *lançoient les feux du Dieu d'en-haut.* Quelques-uns fe profternoient ; d'autres crioient CHIROCABA, *Hommes divins.* Ces figures étoient perchées fur de grands arbres, elles danfoient & fautoient de branche en branche ; & quand elles faifoient mine de vouloir defcendre, tous les fpectateurs fe retiroient à la hâte, partie par refpect, partie par frayeur. Je m'avançai donc, & je vis en effet qu'il partoit des rayons de lumiere, qui frappant les yeux de plufieurs Sauvages, les éblouiffoient, de maniere qu'ils fe jettoient le vifage par terre, comme pour rendre hommage à ces divinités. Ce n'eft pas tout encore, plus de cinquante Infulaires vin-

G ij

rent avec des perles, des fruits, du bled, du *rachoub*, (c'eft le vin du pays) & dépoferent au pied de l'arbre tous leurs préfens.

Comme cet arbre, qui étoit fort haut, étoit auffi fort touffu, Rofwick & moi nous avions de la peine à diftinguer les objets. A la fin nous développâmes ce qui caufoit à cette multitude tant de refpect & d'admiration. Nous vîmes plufieurs Singes qui avoient chacun une glace fur la poitrine, qu'ils prenoient plaifir d'agiter avec leurs pattes de devant. Chaque fois que le Soleil donnoit fur ces glaces, la reverbération de fes rayons ébloüiffoit ceux dont elle frappoit les yeux : plus ils m-brioloient, plus la reverbération étoit réitérée. On eût dit qu'ils y entendoient fineffe, & que l'effet de leurs glaces les amufoit véritablement.

A force de bien regarder, Rofwick me dit: *Ami, ce font nos miroirs.* Dès que j'en fus bien convaincu, je parlai ainfi à ce pauvre Peuple: » Ce que vous admirez tant, lui dis-je, ne » font point des *Chirocaba*; ce font des Singes, de vrais Singes, comme ceux qui » avoient volé nos habits. L'éclat qui vous » offufque n'eft qu'emprunté. Votre illufion » vient de ce que vous ne voyez les chofes

» que de loin. Soyez bien perſuadés que cet
» éclat, loin d'être propre à leurs perſonnes,
» ne provient que de ce qu'ils ſont décorés de
» nos dépouilles, les glaces qu'ils portent
» ſont à nous. Plus ils ſont de tours de paſſe-
» paſſe, plus ces glaces réfléchiſſent ſur vous
» les rayons du Soleil. Si nous pouvions leur
» ôter, vous reconnoîtriez par vos propres
» yeux qu'ils ne ſont pas même des hommes
» comme vous. Vos CHIROCABA , vos *hom-*
» *mes miraculeux* n'auroient plus rien qui
» vous éblouïroit.

En un mot, je leur expliquai de mon mieux
ce miſtere impénétrable pour eux ; voyant
qu'ils ne me comprenoient point, je fis deſcendre d'un coup de fuſil un de ces animaux,
au riſque de voir mon miroir être mis en piéces : ils tomberent tous deux à mes pieds. Par
le moyen de cette opération, je parvins à deſ-
filler les yeux de cette populace groſſiere.
Quand elle fut retirée, j'attendis les autres
Singes à deſcendre ; pour les y engager, on
laiſſa des fruits au pied de leur arbre, & nous
nous cachâmes à vingt pas. Ces animaux qui
ſont fort gourmands, ou plutôt fort voraces,
ne furent pas long-tems à venir profiter du
cadeau qu'on leur donnoit ; nous les tuâmes

tous, & nous fauvâmes nos miroirs. Ces coquins avoient paffé dans les petites boucles, des branches au moyen defquelles ces miroirs étoient fufpendus à leur col & tomboient fur la poitrine.

Nous nous rappellâmes alors la quantité de feuilles & de branches que nous avions trouvées fur nos caiffes, & nous conjecturâmes que ces animaux avoient volé nos miroirs, dont nous ne favions pas bien le nombre. Rofwick fit beaucoup de commentaires Anglais fur cette fcène comique : mais comme nous avons, nous autres Français, des fiftêmes différens, ces commentaires feroient ici déplacés. D'ailleurs j'ai appris par mon féjour dans l'Ifle de Wayferdanos, à croire que la vertu des autres eft réelle ; j'aime mieux même penfer qu'ils en ont beaucoup plus qu'il ne leur en paroît.

Cette avanture nous engagea à approfondir les idées de Religion des Wayferdans. Ils reconnoiffent une Divinité qui a tout fait & qui gouverne tout ; c'eft à elle qu'ils adreffent leurs prieres. Ils ne fe perfuadent point que nous puiffions jamais arriver au pied de fon trône : Ils s'imaginent qu'il eft dans le Soleil, & qu'ainfi perfonne ne peut en approcher,

Ils estiment que cette Divinité a fait les choses de façon qu'elle n'est plus obligée de se
mêler de rien, & qu'elle a établi des Loix qui
régissent tout selon les vües qu'elle s'est pro-
posées. Ils ajoutent que quand elle a fait les
hommes, son intention a été qu'ils vécus-
sent bien ensemble, & qu'en conséquence
elle a donné ses ordres aux premiers qu'elle a
créés, lesquels ordres se bornoient à *Fais pour*
lui comme toi vouloir que lui fasse pour toi.

Les Wayserdans croyent encore qu'il y a eu
nous deux *principes*. Un principe de vie qui
anime le corps, & un autre qui raisonne ; sur
ce dernier article ils admettent plusieurs cathé-
gories, & ils tiennent qu'il y a des *principes*
raisonnans de différentes classes. Ils croyent
encore que ces principes ne s'éteignent jamais ; qu'ils ne font que passer d'un corps à
un autre, & que celui de la vie est suscepti-
ble de division.

Cette Religion est la base de leur Médecine, & de la Police publique de leur Gouvernement civil. Quand un homme se livre à
quelques excès, comme la colere, ils con-
cluent que le principe de vie est chez lui trop
fort pour le corps, ce qui occasionne à ce
dernier des mouvemens déréglés ; au moyen

G iiij

de quoi, moins pour le punir que pour le guérir, ils lui interdifent le *Rachoub*, qui eft une
liqueur affez fpiritueufe, & qu'ils regardent
comme propre à nourrir le principe de vie. Si
cela ne fuffit pas, ils lui ouvrent la veine avec
une efpéce de pierre fort aigue, qui fait à
peu près l'effet de la lancette. Pendant notre
féjour dans cette Ifle, nous en avons vûs cinq
condamnés à être faignés, les uns une fois,
les autres deux. Cela vient de ce qu'ils regardent encore le fang comme une chofe qui
contribue à entretenir le principe de vie. Mais
ce qu'il y a de plus fingulier, c'eft que quand
tous ces remédes n'ont rien fait, ils condam-
nent le malade à fervir les femmes le refte
de fes jours.

Si un homme eft lourd, pareffeux, ou s'il tombe malade; ils s'imaginent, en vertu du même
raifonnement, que le principe de vie n'a pas affez
de force pour fon corps; en conféquence, crainte d'altérer le principe de vie, tout commerce
avec les femmes, même avec la fienne, lui eft
défendu; on le fait jeûner, & on lui impofe des
travaux durs & pénibles, fe perfuadant ainfi
que le corps s'affoiblira, & qu'ils rétabliront
l'équilibre dans la machine. A l'égard du Rachoub, quoiqu'ils le tiennent ami du prin-

tipe de vie, ils ne lui en laiffent point boire, dans la crainte qu'il n'entretienne auffi la force du corps qu'ils cherchent à affoiblir.

Nous trouvâmes ces raifonnemens & ces maximes dignes de pitié; cependant nous ne pûmes pas nous empêcher de convenir entre nous, que fi on traittoit ainfi en Europe la colere & la pareffe, la fociété s'en trouveroit mieux; de même que Meffieurs les Médecins auroient moins d'ouvrage, fi la frugalité de ces peuples régnoit parmi nous, & qu'on cherchât dans la diette & l'exercice, le reméde aux maladies qui ne font que de naître.

Quand un homme, qui pendant fa vie a fait voir] un *principe raifonnant* fupérieur aux autres, vient à mourir; on choifit fon fils, s'il en laiffe un à la mamelle, ou à fon défaut, le plus proche parent, au même âge. On l'enferme avec le mort dans la cabanne, dont on ferme bien les portes, & autour de laquelle on fait grand bruit pendant une heure ou deux.

L'explication qu'on me donna de cette cérémonie grotefque fut : » qu'ils avoient ob-
» fervé de tout tems que fouvent les enfans ne
» reffembloient pas à ceux qu'on croyoit leurs
» peres. La raifon, me dirent-ils, c'eft que le

» *principe raisonnant* de ce pere n'est point trans-
» mis dans ses enfans avec le principe de vie.
» D'abord nous avions pensé que cela pro-
» venoit de l'infidélité des meres, & pendant
» plus de cinq cens ans on a été dans cette
» erreur. Mais quand les réflexions profondes
» qu'on a faites à ce sujet, nous ont eu appris
» qu'il y avoit en nous deux principes, nous
» avons mieux aimé croire que celui du rai-
» sonnement ne pouvoit pas se diviser & se
» transmettre comme celui de la vie ; & que
» c'étoit pourquoi un homme supérieur pro-
» duisoit souvent un très - mince sujet ; ils
» ajouterent que, lorsqu'on voyoit un hom-
» me foible avoir un enfant fort, ou un hom-
» me fort avoir un enfant foible, on n'en de-
» voit rien conclure au préjudice de la sa-
» gesse de la mere ; que cela venoit du plus
» ou du moins de *principe de vie* que le pere
» lui avoit distribué. En un mot, que la cé-
» rémonie qu'on faisoit à la mort d'un hom-
» me *supérieur*, étoit pour empêcher le *prin-
» cipe raisonnant* de cet homme de sortir de la
» cabanne, & pour le contraindre d'entrer
» dans le corps de l'enfant qu'on enfermoit
» avec lui : & cela, parce qu'ils croyoient
» que le bien le plus précieux qu'un pere pût

» laiſſer à ſon fils ; c'étoit cette juſteſſe de
» raiſonnement qui le conduit à de grandes
» vertus.

Je ne croi pas qu'on puiſſe imaginer rien
de plus fou, rien de plus extravagant ; &
quoiqu'un ſiſtême de cette nature fût plus con-
ſolant en Europe que dans cette Iſle, je ne
penſe pas qu'on veuille jamais ſe réſoudre à
adopter de telles rêveries ; j'en ſuis fâché pour
l'honneur des femmes & des maris.

Quand un enfant a été renfermé de cette
ſorte, on ſe flatte donc qu'il peut avoir reçu
le *principe raiſonnant* de ſon pere. En conſéquence on l'éleve avec grand ſoin. A peine
conçoit-il quelque choſe, qu'on ne l'entre-
tient que des vertus de ce pere. On lui fait
comprendre qu'on attend de lui les mêmes
merveilles, parce qu'il a chez lui le même
principe. Dès que l'âge lui a permis de réali-
ſer ces eſpérances, on lui donne toutes les
marques d'honneur dont joüiſſoit le défunt ;
& en les lui donnant, le Roi déclare devant
tout le peuple : *Un tel a hérité du principe raiſonnant de ſon pere*. Il eſt eſſentiel de bien
obſerver que cette conceſſion ne ſe fait qu'a-
près qu'il a commencé à ſe montrer ver-

G vj

tueux ; jufqu'à ce moment on le regarde commme un autre particulier.

On nous affura que cette façon de faire paffer l'ame du défunt dans le corps de l'enfant réuffiffoit à merveille. Nous n'eûmes point de peine à le croire, au moyen du foin qu'on prend de l'éducation de ce dernier. On lui apprend de bonne heure l'obligation où il eft d'être vertueux ; on ne lui met fous les yeux que des exemples de vertu, il y eft formé dès le berceau, il ne connoît qu'elle ; dès qu'il en fait paroître les actes, on met fon amour propre de la partie ; on le lie par les marques d'honneur : on fait affez que la crainte de les perdre eft encore plus puiffante dans le cœur de l'homme que l'envie de les acquérir : cette crainte eft d'autant mieux fondée, dans cette Ifle, que lorfque cette vertu fe dément, on eft dégradé fans aucune confidération, ni pour le pere, ni pour fon *principe raifonnant* qui n'a point paffé chez fon fils. Leur raifon eft que les honneurs qui ont été accordés une fois à ce *principe*, font à lui, dans quelque corps qu'il habite ; & qu'il eft jufte qu'on lui rende quand il fe fera fait reconnoître.

Ces Peuples croyent encore que le *prin-*
cipe raisonnant qui habite dans le corps d'un
Roi, est un principe fait exprès, ou plutôt
un rayon de la Divinité. Comme ils le regardent beaucoup au-dessus des hommes les
plus supérieurs qui pourroient se trouver parmi eux : ils pensent qu'ils ne peuvent pas
mieux faire que de choisir sa médiation auprès de Dieu. Voilà pourquoi le Prince fait
la priere pour tout le Peuple. C'est pourtant
la bonté & la justice qui ont acquis à ces
Rois tant d'amour, tant de confiance, tant
de vénération & de respect.

A l'égard de l'ouverture qui est au-dessus de
l'amphitéâtre du Temple, ainsi que je l'ai
déja dit, lorsque je demandai ce qu'elle signifioit, on me répondit que cela étoit ainsi
pratiqué, parce que quand on prie Dieu, il
ne doit rien se trouver entre lui & nous. Que
cette ouverture paroîtroit admirable, si elle
étoit moins un acte de superstition qu'une allé-
gorie : elle se feroit très-bien accordée avec le
degré de perfection que ces Peuples suppo-
sent nécessaire dans celui qui est chargé de
prier pour eux.

Qu'on me permette de faire une observation en passant. Les Wayserdans confient la

Miniſtere ſacré à leur Prince, parce qu'ils le regardent comme la perſonne la plus parfaite, d'entr'eux ; & nous, nous croyons que nos Miniſtres ſont plus parfaits que nous, parce que le ſacré Miniſtére leur eſt confié. Ces Peuples groſſiers ne connoiſſent pas comme nous les graces d'état.

De cette Loi unique, que les Wayſerdans croyent que leur Dieu a dictée à leurs premiers peres, ils font dériver la Police publique de leur Gouvernement civil. Perſuadés que le défaut d'équilibre qui ſe trouve fréquemment entre le corps, le principe de vie & le principe raiſonnant, eſt un ordre phiſique qui deviendroit un déſordre moral, s'il n'y avoit pas un contrepoids, ils en ont conclu qu'il ſe trouvoit dans l'établiſſement des Rois, dont l'autorité étoit un reméde ſuffiſant à l'inconvénient dont on vient de parler. De-là il réſulte, ſelon eux, que manquer de ſoumiſſion à leur Prince, ſeroit en manquer à leur Dieu, & violer la loi qu'il a établie pour tous les hommes, en ce que nous n'obéiſſions pas au Roi comme nous voudrions qu'on nous obéît, ſi nous étions à ſa place, & que d'ailleurs n'étant pas bien-aiſes qu'on détruiſe une choſe qui nous appartient & qui nous est utile, nous ne devons pas, par notre désobéissance, détruire l'autorité qui est un bien qui appartient à tous, & qui subsiste pour l'utilité de chacun en particulier.

Au milieu de tant d'égaremens d'esprit, nous admirions, Roswick & moi, comment la nature avoit concilié un bon sens si juste, avec des écarts si singuliers de l'imagination. Hélas ! disions-nous, quel est donc l'avantage que tant d'Arts & de Sciences ont procuré à nos climats ? Il semble que les vices & l'aveuglement ayent suivi leurs pas, ou plutôt qu'ils marchent sans cesse à côté d'eux. Pourquoi cherchons-nous à orner nos esprits de tant de connoissances sublimes, tandis que nous négligeons le soin de former nos cœurs ? Notre imagination raproche de nous les astres & les parties de la terre les plus éloignées, elle mesure tout : il n'est qu'une seule chose qu'elle ignore : quelles sont les bornes où finit la vertu & où commence le vice. Ces gens-ci, tous grossiers qu'ils sont, partent de principes faux, & arrivent pourtant au vrai but ; & nous qui partons de principes vrais, nous nous écartons à chaque pas, du seul but que nous devons nous proposer. Il faut avouer que si ces Insulaires avoient eu

des idées plus nettes & plus vraies fur l'u-
nion de l'ame au corps , ils auroient rédigé
leur fiftême d'une façon que nous ne pourrions qu'admirer. Ils auroient pris la vertu,
qui eft toujours la même , pour ce prétendu
principe raifonnant qu'ils font immortel , &
ce n'eût été qu'à elle qu'ils auroient accor-
dé des marques d'honneur & de diftinction.

Nous paffions ainfi notre tems, Rofwick
& moi , à moralifer , à chaffer , à faire des
obfervations , & à les rédiger par écrit. Le
papier que nous avions trouvé dans une de
nos caffettes , nous étoit pour cela d'un grand
fecours ; les oifeaux du pays nous fournif-
foient des plumes , & nous nous fervions de
la même liqueur avec laquelle les Wayferdans peignoient leurs caracteres fur des
écorces.

Nous avions de tems en tems de longues
conférences, tantôt avec le Roi , tantôt avec
quelques-uns de fes Confeillers La Cour de
ce Prince n'eft pas nombreufe en Officiers :
elle eft compofée de douze vieux Confeillers ,
de quatre *Capichocs* , ou Huiffiers , de quatre
Chefs d'armée qu'ils appellent *Piaffers*. Ces
vingt perfonnes font logées dans le Palais du
Roi , & ne le quittent jamais.

Chaque Vanbich ou Conseiller a des fonctions particulieres. Quatre sont destinés à écouter ceux qui viennent demander des graces ; quatre autres à recevoir les plaintes. Les quatre derniers ont l'inspection de la distribution des terres, & sont chargés de veiller à maintenir la Police ordinaire & à faire observer les anciens usages. D'ailleurs, il est libre de s'adresser directement au Roi, pour toutes ces différentes parties. Les quatre Huissiers ne servent qu'à porter les ordres de Sa Majesté, ou à faire venir ceux qui doivent les recevoir.

A l'égard des quatre Piaffers ou chefs d'armée, ils ont chacun trois mois de service dans l'année, pendant lesquels ils assemblent trois fois les gens en état de porter les armes ; ils leur font faire certains exercices Militaires, dont le resultat est toujours de distribuer vingt prix pour ceux qui donnent des preuves d'une plus grande adresse à tirer de l'arc, ou d'une plus grande vitesse à la course. Comme tous les Insulaires, sans distinction, sont obligés d'aller à la guerre, & qu'ils marchent à peu de frais, l'Etat ne les solde point, mais leur fournit seulement des vivres. Pour cet effet on tient toujours des magaſins capables de nourrir deux ans le nombre des troupes qu'on a coûtume de met‑ tre ſur pied, qui monte ordinairement à dix mille. La moitié des hommes en état de tra‑ vailler, pre   les armes ; l'autre moitié cul‑ tive les terres pour leurs compatriotes ; il n'y a point du tout d'exception. On penſe que tous les ſujets ſont égaux, & qu'il eſt juſte qu'ils concourent tous au bien commun, puiſqu'il réflechit ſur eux tous.

Quand aux Conſeillers & autres Officiers, dont je viens de parler, ils n'ont point des biens en propre c'eſt-à-dire qu'ils ne ſont chargés du ſoin de cultiver aucune portion de terre ; mais on tire des magaſins publics de quoi fournir à leur ſubſiſtance. Le motif eſt qu'on ne veut pas que rien puiſle les détour‑ ner de l'attention qu'ils doivent aux affaires publiques. On entretien également le Roi, & par le même principe. Les quatre Conſeillers chargés de la diſtribution des terres & de veil‑ ler à leur culture, ſont auſſi prépoſés pour que chaque particulier, mâle ou femelle, ap ‑ porte tous les ans aux magaſins publics trois *Minſckirs* ou ſacs de Bled.

Les magaſins, pour la guerre & pour le Palais du Roi, ſont toujours pleins pour deux

années, outre cela , il y en a un troisième
pour le public, dans la crainte que la récolte ne vienne à manquer : il y a dans ce dernier de quoi fournir aux habitans du bled pour
un an. Quand on fait la récolte de l'impôt ,
& que les années en referve font reftées en-
tieres, on ouvre le magafin qui eft le plus
vieux, c'eft-à-dire de deux ans , & on le diftribue aux vieux habitans, ou à ceux qui font
chargés d'enfans qui ne font pas encore en
âge de fupporter un certain travail : on fait
la même chofe, pour le magafin général des
habitans qui, comme je crois l'avoir dit, ne
contient que du bled. Tous les ans on le renouvelle, & tous les ans ont diftribue l'ancienne provifion. Ce qui refte eft expofé dans
les bois pour la nourriture des bêtes ; afin
qu'elles en confument d'autant moins la récolte nouvelle. D'ailleurs on ne fait pas dans
ce pays ce que c'eft qu'or , argent ou autre
monnoye : on ne donne & on ne reçoit que
les denrées en nature.

On me permettra de dire en paffant que
ces magafins publics font une précaution fort
fage , parce que le défaut de commerce fait,
que cette Ifle eft privée de toute reffource
étrangère , & que les habitans n'ont nuls mo-

tifs qui les engagent à se procurer plus de grains qu'ils n'en peuvent cosommer : D'ailleurs leur genre de vie leur laisse la liberté de prendre tour à tour le soin de ses magasins ; & comme leurs systêmes & leurs Loix font faire *gratis* tout ce qui est un bien général , il n'en résulte aucun des inconveniens qui se trouveroient dans un pays où les mœurs & la Police seroient différentes.

L'ordre admirable dont je viens de parler ; joint à l'obligation où chacun est de cultiver un petit canton de terre , fait qu'il n'y a ni mandians ni voleurs.

Je fus surpris de voir que le Roi n'avoit point de gardes : je voulus m'éclaircir de ce point ; on ne conçut pas ce que je voulois demander ; mais par les réponses qu'on me fit , je compris très-bien qu'ils auroient été fort superflus. Aussi je finis cette conversation ; sans avoir fait entendre à ces Insulaires comment il étoit possible qu'on donnât des gardes à un Roi que chacun avoit intérêt de conserver.

Il y a pourtant encore dans le Palais une vingtaine de personnes, qui sont pour apprêter à manger au Roi & aux autres Officiers : on les appelle *Sombredars* , qui veut dire domeſtiques. Comme la préparation des mets n'eſt pas d'un grand détail, ils ne ſont point diſpenſés de la culture des terres, attendu qu'ils en ont le tems : cela ſeroit à charge aux habitans.

C'eſt le peuple entier qui élit les Conſeillers, & c'eſt le Roi, à la tête de ſon Conſeil qui choiſit les chefs d'armée. Les uns & les autres ſont toujours les plus expérimentés dont on fait choix. S'il eſt prouvé qu'un Conſeiller ait parlé au Roi contre ſa penſée, ou ſa propre conſcience ; il a violé un ſerment & un engagement public, & il eſt puni de mort. Cela n'arrive pas une fois dans deux ſiécles.

On ne connoît point dans ce pays les engagemens par écrit. Quand ils ſont un peu ſerieux (ce qui ne ſe rencontre gueres que dans les mariages, ou pour l'adoption de quelqu'enfant) on ſe tranſporte au Temple, & on y fait ſon ſerment en préſence du Roi & du peuple ; voilà ce qu'ils appellent un engagement public : ſi on le viole on encourt la peine de mort, comme je l'ai dit précédemment.

Une choſe ſinguliere c'eſt que les Wayſerdans chez qui l'incontinence eſt tolerée par une ſuite de leur Loi naturelle, ont été pen-

dant fort long-temps très-continens. Il fubà
fiftoit parmi eux une Loi en vertu de laquelle tout commerce charnel étoit prohibé
entre les garçons & les filles ; le fort des enfans dépendoit des Mariages , & les mariages dépendoient de certaines formalités. Alors
cette même Loi naturelle leur faifoit un crime de chercher à deshonnorer les filles &
les familles auxquelles elles appartenoient ,
de faire naître des enfans pour être malheureux , de violer l'obéiffanee que chacun doit
à l'autorité civile. Ainfi quoique le commerce entre deux perfonnes libres ne fût un mal
que parce qu'il étoit défendu , ils regardoient
que cette défence étoit fuffifante pour les forcer de s'en abftenir , quelque dure qu'elle
leur parût , parce qu'ils ne pouvoient pas y
contrevenir fans manquer à un engagement
public, qui eft l'obligation de vivre d'une maniere conforme aux Loix. J'ignore ce qui a
pu en introduire parmi eux de nouvelles fur
cet objet. On nous dit que c'étoit la confidération du malheur des enfans illégitimes ,
quoi qu'ils fuffent en très-petit nombre ; dans
ce cas leur réforme à eu le fort de toutes les
inftitutions purement humaines ; dès que les
hommes ceffent d'avoir le vrai & le jufte pour

guide, ils vont d'erreurs en erreurs, & fouvent la réforme d'un abus n'eft que l'introduc-
tion d'un abus plus grand.

Les feules confidérations qui fe trouvent
dans les appartemens du Roi, font des peaux
fort belles, fur lefquelles font écrits les beaux
faits & geftes des prédeceffeurs Rois. Voici
le ftille : *Cette année, tel jour, tel Roi fit tel
chofe* & plus bas fur la même peau : *Le même principe raifonnant doit toujours faire les
mêmes actions.* Quatre grandes falles & une
grande gallerie font pleines de femblables inf-
criptions. Telles font les beautés qui ne m'a-
voient pas frappé d'abord, parce que je n'é-
tois pas à portée de les reconnoître.

Voila en gros qu'elles font les mœurs, la
Religion & le Gouvernement des *Wayferdans*, chez qui l'art n'a rien ajoûté à la nature. Les vices y font peu connus ; on n'y voit
regner ni ambition ni mauvaife foi. La juftice
naturelle eft la bafe de toutes leurs regles.
Nous fommes plus favants qu'eux, mais fommes nous plus parfaits & plus heureux ?

La Sottarde que nous avions amenée avec
nous avoit mis bas, & elle nous avoit donné un petit monftre qui tenoit & de fa mere
& de l'efpéce du *Piacour*. Il croiffoit très-

vîte en force & en malice ; & à peine avoit
il huit mois qu'il montroit déja qu'il feroit
une fort méchante bête. Comme il étoit ti-
mide ; nous nous flatâmes long-tems qu'il
pourroit s'apprivoifer. Nous fîmes tout ce
que nous pûmes pour en venir à bout. Quand
nous y étions, il mordoit nos femmes ; dans
notre abfence, il alloit fe coucher fur leurs
genoux , & quand elles vouloient le ren-
voyer , il les dechiroit avec les ongles. J'é-
tois fâché de fes mauvaifes inclinations , car fa
figure me plaifoit beaucoup. Ses pattes étoient
femblables à celles d'un finge , fa tête étoit
celle du renard : je crois qu'il y auroit pouffé du bois , du moins il avoit déja trois petits boutons affés élevés, qui fans doute auroient produit des cornes. Il portoit double
paire d'oreilles & deux langues , l'une fort
pointue & rude comme celle des Piacours ,
l'autre auffi douce que celle des Sottardes.
Il avoit fur le cœur trois peaux à grand ré-
plis , l'une fur l'autre , couvert d'un poil fort
épais ; il étoit prefque invulnérable de ce cô-
té-là. Son ventre étoit d'une largeur prodigieufe ; fon cri, quand il n'étoit point en colére , étoit affez doux , mais dès qu'il étoit
fâché , ce même cri devenoit fi perçant qu'il

en étoit infoutenable. Son grand goût étoit de voler, & comme il étoit fouple & adroit, on ne pouvoit rien conferver. Je le châtiois; il me craignoit, & dès que je le grondois il fe cachoit. Un jour il voulut mordre Rofwick au genoux ; voyant qu'il n'y avoit pas réuffi, il le mordit le moment d'après par derriere. Mon ami, dans la colére, le tua ; il fit bien, & je crois que fi nous l'euffions gardé long-tems, nous n'aurions pas été en fûreté, à moins de l'avoir enchaîné. Auffi jurâmes-nous de ne jamais élever de monftre de cette efpéce ; c'eft-à-dire qui provindroit d'une *Sottarde* & d'un *Piacour*.

Quant à la mere c'étoit un affez bon animal, elle étoit feulement inquiette, & cherchoit à s'évadei, quand elle entroit en chaleur. Dans la crainte de la perdre, nous réfolûmes de tâcher de lui donner un mâle. Nous ne favions comment faire, nous redoutions les coups de cornes. Nous fîmes donc une corde bien forte avec des cuirs affez déliés & tortillés enfemble, & vers le mois d'Avril, tems où il n'y a dans ce pays aucun fruit fur la terre, nous retournâmes avec nos deux femmes dans les bois où nous avions été un an auparavant. Nos femmes étoient d'autant plus legeres qu'il y avoit deux mois qu'elles étoient accouchées fort heureufement de chacune un garçon. Le Roi les faifoit éle-ver dans fon Palais, & cela uniquement par-ce que nous étions grands & vigoureux, & que nos femmes, qui étoient fort jeunes, n'avoient point de lait.

Nous portâmes avec nous du pain, de l'eau-de-vie & du bled. Nous parvinmes bien-vîte dans la partie des bois où fe tiennent les Sottards. Nous tendîmes entre deux buiffons deux cordes en forme de lacet, ou de nœuds coulans : au milieu des deux nous répandî-mes du bled, & nous eûmes grand foin d'at-tacher au bout de chaque lacet à une forte ra-cine. Cela fait, nous nous mîmes en embuf-cade fur des arbres. Deux heures après vint un *Sottard* pour manger le bled, il fe prit à une de nos cordes; comme il crioit, d'autres vinrent, & il fe prit une Sottarde à l'autre lacet. Nous defcendîmes tous quatre, & nous liâmes ces deux animaux à un arbre. Nous fûmes fort furpris de voir que le mâle n'é-toit pas plus méchant que la fémelle, & que le bois qu'il portoit fur fa tête, n'étoit qu'un ornement qui le diftinguoit. En effet, il eft tellement renverfé fur fon dos que cela ne peut lui fervir de défenfe , ni l'embarraffer dans fon paffage.

Cette obfervation nous ayant raffurés , nous effayâmes de prendre encore un Sottard ; nous y réufsîmes , & nous regagnâmes nos cabannes , fuivis de nos trois animaux. Rofwick & moi , nous en avons amenés en Europe , chacun un couple ; j'ai encore les deux miens , avec deux petits , mâles & fémelles. Une Sottarde met bas tous les ans : ainfi les gens curieux qui voudront les voir , pourront fe fatisfaire. J'ai donné même de la race à quelques amis particuliers ; elle a fi bien réuffi , qu'il y en a déja en plufieurs lieux , & en affez grande quantité. Ce font de bons animaux dont on peut tirer du fervice , & fi l'on veut s'y prêter un peu , j'ofe affurer qu'il y aura bientôt beaucoup de Sottards en France.

Dans une des Conférences que nous eûmes avec le Roi , il nous queftionna beaucoup fur la façon dont les Princes d'Europe choififfent leurs Miniftres & leurs Confeillers. Nous lui rendîmes le compte le plus avantageux qu'il nous fut poffible ; mais nous ne pûmes jamais lui faire comprendre quel pouvoit être le motif qui déterminoit des hommes à acheter des Emplois & des Charges.

» Nous tenons, difoit-il que toute admi-
» niftration eft un fardeau ; nous avons obli-
» gation à ceux qui, par zéle pour la pa-
» trie, veulent bien s'en charger. Comment
» fe fait-il donc que chez vous on achette le
» défagrément de le porter ? Je n'y vois point
» de milieu ; ou ce n'eft pas par zéle qu'on
» le fait, ou votre patrie eft ingrate envers
» ceux qui payent bien cher l'avantage de fe
» facrifier pour elle. D'ailleurs ce que vous
» appellez or ou argent change-t'il l'intérieur
» de l'homme comme l'extérieur ? Lorfque
» d'un Valet il a fait un Comte ou un Mar-
» quis, lui donne-t'il les fentimens & la ca-
» pacité de ce nouvel état ? Et pareillement,
» quand la Patrie vend pour cet or le droit
» d'adminiftrer, vend-elle auffi les talens re-
» quis pour ces fonctions ? Car tous les hom-
» mes ne font pas naturellement égaux & pro-
» pres aux mêmes chofes. Il faut donc que ce
» foit cet or qui ait la faculté de métamor-
» phofer, ou d'égaler leurs *principes raifon-*
» *nans* «. Nous prîmes fur le champ le parti
de lui dire que l'or avoit toutes ces propriétés,
& nous nous tirâmes du premier embarras où
cette obfervation nous jettoit. Mais ce Prince
ne s'en tint pas là ; il voulut fayoir comment

cela pouvoit arriver. J'avois l'imagination vive ; voici de quelle façon je me tirai d'affaire.

» Un homme, lui dis-je, qui a beaucoup
» d'or, achette les mêts les plus fins, les vins
» les plus fpiritueux, il en mange & boit
» beaucoup, & tel qui n'eft qu'un fot à jeun,
» a ainfi beaucoup d'efprit en fortant de table.
» A force de réïtérer fouvent cette opération,
» il augmente à un tel point fon *principe rai-*
» *fonnant*, que perfonne ne peut bien-tôt
» plus raifonner comme lui. En outre il don-
» ne de fon or à d'habiles gens, qui pren-
» nent foin de cultiver chez lui ce *principe.*
» Ils l'enfeignent comme vous enfeignez ici
» les *Minchifs*, (c'eft une efpéce de Pie) &
» cela fait un très-bon effet. Quand cette
» pratique ne réuffit pas autant qu'on le fou-
» haiteroit, on le marie à une jeune fille qui
» a beaucoup de *principe raifonnant.* Ils n'ont
» pas couché un an dans le même lit, ou
» dans la même chambre, qu'une partie de
» l'efprit de la femme paffe dans le corps de
» l'homme, & une partie de la déraifon de
» cet homme paffe dans le corps de fa fem-
» me Enfin il eft encore un expédient plus
» fimple que tous ceux-ci : un homme riche
» achette l'efprit d'un autre qui ne l'eft pas.

» Et comment cela, reprit le Roi ? En ache-
» tant aussi l'étui dans lequel cet esprit est
renfermé. De façon que le riche fait tout
» faire à ce dernier, & il est réputé l'avoir
» fait lui-même ; ce qui est juste. Car cet
» esprit qu'il achette & paye, est bien à lui.
» Vous voyez que parmi nous, quand on a de
» l'or, on a bien-tôt tous les talens qu'on
» veut avoir. Vraiement, reprit le Roi, en
» souriant, si les choses étoient ici sur le mê-
» me pied, j'acheterois tous les gens de mé-
» rite : il faut avoüer que vos Rois font bien-
» heureux «.

Un jour je demandois à un vieux Conseiller, pourquoi la guerre étoit si rare en ce
pays. La premiere réponse qu'il me fit : fut
de me dire : » qu'il ne concevoit pas com-
» ment elle étoit si commune parmi nous.
» Deux choses nous empêchent d'avoir la
» guerre souvent, ajouta-t'il : la premiere,
» c'est la Loi que nous pratiquons, & qui ren-
» ferme toutes les regles de notre Gouverne-
» ment. Cette Loi est *de ne point faire aux au-*
» *tres ce que nous ne voudrions pas qu'ils nous*
» *fissent.* Vous avez pu le voir dans le petit
» cahier dont le Roi vous a fait présent. Nous
» regardons tous les hommes comme des

» hommes ; c'eſt-à-dire comme l'ouvrage d'un
» Dieu qui les a créés ainſi que nous. Nous
» croyons qu'il a fait la juſtice pour tous ;
» qu'elle eſt pour eux comme pour nous : ainſi
» nous penſerions qu'en leur déclarant la
» guerre injuſtement, nous commettrions deux
» fautes énormes. La premiere, de bleſſer
» cette Juſtice qui eſt au-deſſus de tous les
» hommes ; la ſeconde, de détruire les ou-
» vrages de ce grand Dieu, ouvrages qu'il n'a
» pas faits pour ſubſiſter ou être détruits ſelon
» le caprice des autres. Nous ne voulons point
» les faire mourir ſans ſujet, parce que nous
» avons dans le cœur quelque choſe qui nous
» avertit que cela feroit ſouverainement in-
» juſte à notre égard. Auſſi, quand nous dé-
» clarons la guerre, on publie dans toute
» l'Iſle *qu'on va rétablir la juſtice qu'un tel*
» *Peuple a violé vis-à-vis de nous.* C'eſt tou-
» jours elle que nous cherchons à défendre.

» Une autre raiſon qui nous met à l'abri
» de ce fléau ; c'eſt que, quand nous ſommes
» agreſſeurs, l'uſage eſt que la premiere ac-
» tion ſe paſſe ſeulement entre notre Roi, &
» celui du peuple à qui nous déclarons la
» guerre. Les troupes ne s'engagent les unes
» contre les autres, que dans le cas où le

H iiij

» Roi voifin auroit refufé le combat fingulier.
» Ordinairement , quand l'un des deux eft
» vaincu , les chofes ne vont pas plus loin ;
» & il eft rare que les peuples en viennent à
» une action générale. Vous fentez bien , con-
» tinua-t'il , qu'un Roi, qui eft le pere de
» fon peuple , & qui eft tellement uni à l'É-
» tat qu'ils ne font enfemble qu'une même
» chofe , feroit déshonoré s'il refufoit d'offrir
» un combat de cette efpéce , & la honte de
» violer nos Loix l'empêche d'entreprendre
» mal-à-propos une guerre, dont l'événement
» le menace plus que perfonne «.

Malgré des maximes fi fages , ces Peuples
ne peuvent cependant empêcher qu'on ne les
force quelquefois à prendre les armes. Il eft
vrai que cela n'arrive pas fouvent. Leur Ifle
eft fortifiée naturellement par une chaîne de
rochers qui l'environnent, & qui la rendent
prefque inacceffible. La facilité qu'ils ont d'en
défendre l'entrée, & la bravoure de ces Infulaires , fait qu'on eft peu curieux de les attaquer. Cela penfa néanmoins arriver environ
quatre ans après notre débarquement.

Du côté du midi, en tirant un peu vers
l'orient , eft une nation naturellement inquiette & remuante ; & ce qu'il y a de plus

malheureux pour ſes voiſins, c'eſt qu'elle croit que les Dieux qu'elle adore, autoriſent toutes ſes entrepriſes. Ce ſont ceux-là qu'on appelle *Pingades*. Cette nation eſt toute oppoſée aux *Wayſerdans*. Elle a le corps couvert depuis les pieds juſqu'à la tête; de maniere qu'on ne voit qu'un animal ſe mouvoir, ſans qu'on puiſſe y reconnoître rien de ce qui caractériſe un homme.

Un jour que nous étions dans le Palais du Roi, vint un Pingade qui demanda à lui parler; il fut reçu publiquement; d'abord il fit le compliment qui eſt de ſtile : *Honneur au Dieu qui fait du bien à tous*; enſuite il continua ainſi : » Prince, que tous les Princes ré- » verent à juſte titre; Notre Maître, qui eſt » ſur la terre le Roi des Rois, m'envoye vers » vous, pour que vous appreniez par ma » bouche que c'eſt de lui que vous tenez vo- » tre Couronne; & qu'en reconnoiſſance de » l'univerſalité de ſon Empire, vous ayez à » lui donner tous les ans un quart des fruits » & grains que vos Sujets récoltent. Si vous » le refuſez, j'ai ordre de vous déclarer de » ſa part, & de celle des Grands Dieux avec » leſquels il eſt en correſpondance, qu'il vous » retranchera du nombre des vivans, & qu'en

H v

» attendant qu'il vous ait exterminé, il vous
» enverra la peste, la famine, la galle, la
» teigne, la grêle, la rogne, & qu'il vous
» changera, vous & tous vos Sujets, en *Cha-*
» *bours* « ; c'est un animal fictif à quatre ou à
deux pieds, comme qui diroit dans notre pays
un *Loup-garou.*

Quand le Conseil eut opiné sur une propo-
sition si inattendue & si extravagante, on fit
réponse à M. l'Ambassadeur, *qu'il étoit juste*
de leur porter cette année ce qu'on leur payoit
autrefois ; que le surplus, ils viendroient le cher-
cher. Le *Pingade* qui savoit bien qu'on n'a-
voit pas coutume de lui payer quelque tribut,
comprit ce que cette réponse signifioit, & en
se retirant, il dit le plus haut qu'il lui fut possible : » Prince, vous n'avez plus de Royau-
» me ; & vous, Peuples, je vous déclare que
» vous n'avez plus de Roi «. Prenant ensuite
un bâton, il le cassa en deux, en disant : *Tous*
vos engagemens sont rompus, les Dieux l'ont
ainsi statué.

Roswick & moi, nous fûmes témoins de
cette scène ; & nous crûmes d'abord que le
Pingade étoit l'Ambassadeur de quelque Peuple puissant dont les Wayserdans étoient tri-
butaires, & avec lequel ils avoient des Traités

qu'ils étoient obligés de garder, pour conferver une protection dont ils avoient befoin.
Quelle fut notre furprife, quand nous apprîmes
qu'il en étoit tout autrement ! que les *Pingades* dans leur origine avoient fans ceffe im-
ploré les fecours & la protection des *Wayferdans* ; que ceux-ci leur avoient fait don de
plufieurs cantons de terre , & leur avoient ac-
cordé de grands priviléges par fucceffion de
tems ; que les *Pingades* étoient alors non-
feulement d'honnêtes gens , mais encore des
gens ferviables , qui ne cherchoient qu'à faire du bien, qui ne mentoient jamais , &
abhorroient les querelles ; ils étoient tellement juftes, que nous les appellions, nous
dit-on , les Enfans de la Juftice. Loin de vouloir dominer fur leurs voifins , leur Chaif ne
prenoit point d'autre qualité , d'autre titre
que celui de PIRAGOS PIRAGOSS , qui fignifie *le plus petit d'entre les petits Enfans.* Il fe
faifo' un devoir de les concilier tous ; on
venoit de toutes parts fe foumettre à fes décifions.

Peu à peu les *Pingades* , comblés de biens
& de richeffes par les préfens continuels qu'on
leur faifoit , devinrent orgueilleux. L'autorité
que leur avoit donnée volontairement la com-

fiance qu'ils s'étoient acquife, fut érigée par eux en devoir; ils s'imaginerent qu'ils avoient un droit abfolu de foumettre tout à leur juge- ment, & tout fut employé de leur part à foutenir ce fiftême. Leurs fuccès, quoique fort lents dans le commencement, ne laiffe- rent pas de les animer de plus en plus. Se trouvant fupérieurs en génie à beaucoup d'au- tres peuples, ils entréprirent de fe les affer- vir. Pour cet effet, ils parvinrent à faire croi- re que leurs vertus éminentes leur avoient acquis le privilége d'être camarades avec les Dieux. Pour donner du poids à cette chimere, ils commencerent par fe rendre d'un accès difficile ; puis à force de publier des men- fonges bien concertés, ils frapperent l'ima- gination des gens les plus groffiers. Cette imagination échauffée fe fit un devoir de croi- re & d'accorder tout ; l'exemple de la multi- tude étendit la féduction ; dans peu de tems ils fe virent en état de pouffer plus loin leur entreprife : Ils donnerent à tous ces Peuples des promeffes écrites qui affuroient que, quand celui qui en feroit porteur viendroit à mourir, fon *principe de vie* iroit dans un pays où le bled croît fans culture, & où on n'eft jamais malade, jamais vieux, jamais pauvre.

Au moyen de cela , tous ces malheureux leur apportoient leurs biens ; & fur la foi de ces promeſſes , ils s'expoſoient pour eux à la mort. Enfin après avoir métamorphoſé cette même vertu , qui dans ſon origine étoit ſi ſimple , & ne conſiſtoit qu'à être juſtes ; ils n'ont appellé vertueux que ce qui leur obéïſſoit aveuglément. Ils ont oublié ces mêmes devoirs qu'ils avoient tant recommandés aux autres ; ils ont réputé criminel quiconque leur réſiſtoit , & ſous le nom de leurs Dieux , ils ont attaqué , ou fait attaquer à force ouverte , ceux qui refuſoient de plier ſous un joug que la Juſtice défendoit de leur impoſer.

Je me ſuis imaginé que cette hiſtoire auroit pu donner lieu aux fables qu'on débite dans le pays ſur le fait des *Piacours* , & dont j'ai déja rendu compte.

Roſwick ſourioit en écoutant cette narration ; comme je le connoiſſois , je ne voulus pas lui donner le plaiſir de m'entendre lui en demander le ſujet. Au moment que ſon génie Anglais alloit ſe manifeſter , un *Capiſhoc* vint nous avertir de la part du Roi d'entrer dans le Conſeil ; nous obéïmes , & dès que nous fûmes entrés , on nous ordonna de dire notre avis ſur ce qui venoit de ſe paſſer.

Rofwick parla le premier , & opina pour qu'on les exterminât ; & moi qui étois jeune & bouillant , je ne fus pas fort éloigné de fon avis : mais il nous fut repréfenté que , quoique leur Religion fût chargée de beaucoup de fuperftitions , néanmoins ils adoroient le même Dieu que fervoient les Wayferdans ; qu'ainfi c'étoit une raifon de plus de les regarder comme des freres ; & en les traitant comme nous voudrions qu'ils nous traitaffent , de tâcher de les ramener à la raifon.

D'après ces obfervations , je dis que je croyois qu'il étoit fage de porter des troupes fur la frontiere , afin d'être en état de repouffer la force par la force , fi on venoit nous attaquer ; & qu'en même tems il falloit leur envoyer des Ambaffadeurs pour écouter leurs raifons , & faire entendre les nôtres. Rofwick & moi , nous nous offrîmes ; on nous accepta , & quatre jours après nous partîmes.

CHAPITRE VII.

Nous partons pour notre Ambaſſade. Premiere
deſcription des Pingades. *Singularité des*
Piacours *qu'on trouve dans leur pays. Cé-*
rémonial de notre réception. Mon compliment.
Politique de notre conduite. Nous retournons
à Wayſerdanos , *d'où nous repartons pour*
voyager chez les Pingades. *Autres particu-*
larités de ces Peuples Nous paſſons dans une
autre Iſle. Nous y trouvons des Anglais.

NOs femmes qui ſavoient que les *Pin-*
gades reſpeƈtoient peu les droits de
l'hoſpitalité, voulurent nous accompagner ;
nous n'en fûmes pas fâchés. Nons les regardions comme une reſſource en tout genre
pour nous. Quand nous eûmes pris toutes les
inſtruƈtions du Prince , & tous les éclairciſſemens qu'on put nous donner ſur le pays où
nous allions , nous comprîmes qu'il n'y falloit pas aller les mains vuides.

Nous fîmes remplir d'eau-de-vie ſix urnes
de terre , qui furent portées par autant de

Sauvages, à l'aide de deux brancards ; quatre autres, deux à deux furent chargés de nos caiſſes. Nos deux femmes avoient dans une peau de Daguir, chacune une demie douzaine de fruits deſſéchés & creux, gros comme un melon, leſquels étoient remplis de poudre ; pour nous, nous portions nos fuſils, nos ſabres, nos piſtolets de ceinture, & chacun deux piſtolets de poche. Comme nous avions avec cela, cartouche, fourniment, & des ſacs pleins de balles, nous nous trouvions aſſez chargés. On nous avoit encore donné ſix Sauvages pour porter nos vivres. Nos quatre *Sottards* que nous avions dreſſés, furent auſſi employés à la même fonction Ainſi notre cortége ſe montoit au nombre de dix-huit hommes & deux femmes, outre nos quatre bêtes de charge.

Quand nous eûmes paſſé des montagnes fort pénibles, nous deſcendîmes dans un très-beau pays, plus chaud pourtant que celui que nous quittions. Roſwick & moi, nous marchions les premiers, ayant au milieu de nous un *Wayſerdan* qui connoiſſoit les chemins, & qui parloit bien la Lungue Pingadienne.

Les premiers objets qui vinrent s'offrir à

nos yeux, furent des *Piacours*; mais en bien
plus grand nombre que dans notre Ifle. Comme il y avoit plufieurs jours que nous n'avions
mangé de la chair fraiche, je voulus en tuer
un ou deux, tant pour moi que pour régaler
mes Compagnons d'Ambaffade; mais au moment que Rofwick & moi nous allions faire
feu, notre Interprete nous en empêcha, en
nous criant LABEK, qui veut dire *Arrêtez*. Il
nous dit enfuite: *Mes amis, fi vous tirez, tout*
eft perdu, nous allons être égorgés; ces Peuples-
ci ont une vénération finguliere pour les Pia-
cours. Le plus grand malheur qui pût nous
arriver, feroit d'en tuer ou bleffer un. D'ailleurs
ces animaux font d'une méchanceté horrible dans
ce pays: pendant la nuit, & au moment que
nous y penferions le moins, ils viendroient nous
furprendre, & nous mettre en piéces. D'après
ce difcours, nous ne fûmes point tentés de
manger du Piacour, & il ne nous parut plus
étonnant d'en trouver tant de troupeaux, & de
les voir fi nombreux.

Le lendemain nous eûmes tout lieu de nous
convaincre par nous-mêmes de ce que notre
Interprete nous avoit dit. Nous vîmes deux
Sauvageffes chargées de grains & de fruits,
fans pouvoir démêler leur phifionomie, parce

qu'elles étoient cachées par de grandes peaux de bêtes, très-fines, qui par-deſſus la tête tomboient juſqu'à la ceinture. Nous ſuivîmes des yeux ces deux femmes : elles arriverent à la porte d'une tanniere, telle que nous en avions trouvé dans les bois de notre Iſle. Là elles dépoſerent leurs vivres, Auſſi-tôt ſorti- rent ſept à huit *Piacours* mâles qui vinrent manger. Pendant qu'ils ſe régaloient ainſi, ces deux Sauvageſſes proſternées tantôt leur baiſoient les pieds, & tantôt ſembloient leur parler bas à l'oreille. Cela dura une bonne demie-heure ; après quoi elles entrerent dans la tanniere. Je ne ſai pas ce qu'elles y firent. Notre Interprete nous conſeilla de ne pas pouſſer plus loin notre curioſité. Deux .heu- res après nous vîmes un Sauvage qui étoit chargé pareillement de quelque choſe que nous ne pûmes diſtinguer ; il entra auſſi dans un ſouterrein, dont l'entrée étoit comme celles des retraites que les *Piacours* fémelles ont dans l'Iſle des Wayſerdans. Nous en vî- mes même deux qui parurent à cette entrée. Mais un ſpectacle qui penſa pouſſer à bout no- tre patience, c'eſt qu'au moment où ce pau- vre malheureux ſortoit de ce trou, il fut ren- contré par trois *Piacours* mâles qui le déchire

rent par morceaux. Si nous n'avions pas eu
les intérêts de l'État à ménager, nous l'aurions fecouru; j'avoüe même que je me re-
procherai toute ma vie de ne l'avoir pas fait.

Les bons traitemens que les *Piacours* reçoi-
vent dans ce pays, les ont pourtant rendus ou
plus familiers ou plus hardis; il y en eut nombre fur notre route qui nous approcherent
de très-près, comme s'ils euffent voyagé de
compagnie. Ils rodoient fur-tout auprès de
nos femmes & de nos Sottardes, & faifoient
un bruit qui nous inquiettoit beaucoup, faute de pouvoir l'interpréter. De tems en tems
nous leur jettions quelques vivres, ils les dé-
voroient. Leur nombre groffit : heureufement
que nos provifions étoient fortes. Nous fûmes
obligés de faire mettre nos femmes au milieu de nous : nous craignions qu'ils ne les
mordiffent par derriere; mais ceux qui formoient notre petite arriere-garde, n'en crai-
gnoient pas moins pour eux. Cependant, à
force de marcher & de continuer de jetter du
grain aux *Piacours*, nous arrivâmes au lieu
où le Roi fait fa réfidence, & nous ne fûmes
pas long-tems à nous appercevoir que nous
nous trouverions bien des bons traitemens
que nous avions faits à ces animaux. On verra

dans un moment que leur bienveillance ou leur protection nous fut d'un aussi grand secours, que celle des femmes dans l'Isle des Wayserdans.

Quand on nous vit arriver dans les cours du Palais, escortés de ces troupeaux de bêtes, on commença par avoir une haute opinion de nous ; & l'on se mit dans la tête, comme nous l'apprîmes bien-tôt après, qu'il falloit que nous fussions, Rofwick & moi, des gens singulierement amis des Dieux, puisque les *Piacours* nous faisoient une si bonne réception. Peut être que la couleur de notre peau, chose nouvelle dans ce pays, contribua à nous faire passer pour des hommes extraordinaires.

Au moyen de cette heureuse prévention, nous eûmes audience dès le lendemain. Elle nous fut donnée en présence d'une grande quantité de Sauvages. Ils étoient couverts de peaux de bêtes depuis la tête jusqu'aux pieds, & quoique très-grands, ils avoient tous une grosse bosse par derriere ; mais ce qui nous parut plus étonnant, c'est que leur visage étoit aussi couvert d'une espéce de masque fait des mêmes peaux, qui n'avoit que les ouvertures nécessaires pour parler, voir & respirer. Nous

fûmes inftruits, dans la fuite, que ce mafque
eft d'étiquette dans toutes les cérémonies publiques, & que ces vieux *Chapoulquirs*, terme
qui fignifie Confeillers, ne l'ôtent que lorfqu'ils font entr'eux en liberté. Le Roi étoit
auffi habillé & mafqué dans le même goût.

Ce fut moi qui portai la parole, & j'avois
préparé mon difcours fur les inftructions de
notre Interprete ; mais avant de le rapporter,
l'ordre des faits exige que je parle du cérémonial.

Le Roi, ayant autour de lui tous fes Chapoulquirs, préfente d'abord le dos à fon Au-
ditoire. Ceux à qui il veut donner audience,
fe profternent, lui baifent très-refpectueufe-
ment le derriere, & lui difent : LABAC MIN-
GALOUR PARCHIR TRIK CASIN KIRF : *Divi-*
nité, daignez nous montrer votre Soleil. Vous
étalez enfuite à fes pieds les préfens que vous
avez à lui faire ; après quoi le Prince fe retourne & répond : PILAKIFF PARADOUBRAK
GARDINCHI SAFARIC BOTARD : *Je fouhaite*
que les Dieux foient favorables à vos deman-
des. Ce Cérémonial rempli, j'eus l'honneur
de dire à ce Mafque important, par la bouche
de mon Interprete :

» Grand Prince, nous fommes pénétrés de

» reconnoiſſance de l'honneur que Votre Ma-
» jeſté nous a fait, en nous permettant de
» baiſer ſon derriere précieux. Cette faveur
» admirable nous donne lieu d'eſpérer que
» nos demandes feront bien accueillies du So-
» leil qui veut bien luire à nos yeux. (Tout
» cela eſt de ſtile.) Le Roi notre Maître nous
» a chargés de vous repréſenter qu'il ignore
» ſur quels motifs vous fondez les demandes
» que vous lui avez fait faire par votre Am-
» baſſadeur. Avant qu'il y eut des Pingades,
» & qu'ils euſſent un Monarque, il y avoit
» des Rois dans l'Iſle de Wayſerdanos. Celui
» qui leur a ſuccédé, tient, comme ſes pré-
» déceſſeurs, ſa Couronne des Peuples ſur
» leſquels il regne, & du grand Dieu au nom
» duquel il gouverne. Il eſt Maître abſolu
» chez lui, commme vous êtes Maître abſo-
» lu chez vous. Dans des tems aſſez voiſins
» de votre origine, vous avez ſouvent implo-
» ré ſon aſſiſtance & ſa protection, vous en
» avez reçu des bienfaits ſignalés, & qui
» dans la ſuite ont été réïtérés. Comment
» donc aujourd'hui pouvez-vous prétendre
» avoir quelque autorité ſur ſon Royaume,
» tandis que c'eſt de lui que vous tenez une
» partie des vôtres ? Permettez même, Grand

» Soleil, que je vous remontre que votre pré-
» tention est incompatible avec l'éminence de
» votre Grandeur, & la supériorité que vous
» avez au-dessus de tous les mortels. Les
» Dieux, dites-vous, vous ont confié le soin
» de faire mouvoir le Soleil ; si cela est, vous
» devez sans cesse avoir devant les yeux l'ex-
» cellence de votre ministere ; & comme le
» Soleil n'a été fait par les Dieux, que pour
» faire produire la terre à l'avantage des hom-
» mes ; si vous vous occupez de ceux-ci, ce
» ne doit être que pour songer à remplir le
» but des fonctions qui vous sont réservées,
» en leur faisant tout le bien qui dépend de
» vous, par la façon utile dont vous réglerez
» les mouvemens du Soleil. Enfin il faut que
» vous pensiez que ce n'est pas sur la terre,
» cette masse grossiere, que vous régnez,
» mais sur l'Astre qui l'éclaire, l'échauffe, la
» fait produire.

» On peut donc dire en quelque sorte que
» vous n'êtes point un Roi, mais une Divi-
» nité que tous les Rois doivent révérer ; le
» nôtre veut bien vous accorder ce titre, tant
» qu'il ne trouvera dans vos actions que ce
» qui répond à ce divin caractere. Mais si vous
» vous montrez un homme comme les au-

» tres hommes , il ne verra plus en vous
» qu'un Prince de la terre qui , moins ver-
» tueux qu'il ne doit être , viole la justice ,
» en perdant de vüe ses propres fonctions ,
» pour ne s'occuper que des choses qui leur
» sont étrangeres. Dans ce cas il s'opposera à
» vos prétentions ; & il se flatte que les Dieux
» seront pour lui. Non pas cependant que je
» refuse de reconnoître en vous un second ca-
» ractere. Les Pingades vous obéïssent , vous
» êtes leur Roi ; mais à ce titre , vous n'avez
» d'autorité que sur eux ; & sans blesser vo-
» tre Divinité , nous sommes en droit de com-
» battre tout ce que vous entreprendrez con-
» tre nous , en cette derniere qualité. Quoi-
» que de tout tems le Soleil ait tourné *gratis* :
» puisque les Dieux en ont confié le gouver-
» nement à un homme , il est juste que les
» hommes le nourrissent. Aussi nos magasins
» sins vous seroient-ils ouverts , si vous man-
» quiez de quelque chose ; mais vous avez
» tout en abondance ; quel peut donc être vo-
» tre objet , en voulant avoir des biens qui
» vous deviennent superflus ? Il n'est pas mê-
» me un de vos Chapoulquirs , qui ne posse-
» de plus de provisions que dix familles n'en
» consument parmi nous. Dès que ce n'est

» point

» point à titre de secours que vos demandes
» sont faites, comme à des freres de qui
» vous pouvez les attendre ; j'ai ordre de vous
» déclarer bien positivement deux choses : la
» premiere, que, comme Roi des *Pingades*,
» vous n'avez sur nous aucune autorité ; la se-
» conde, que, comme Gouverneur du So-
» leil, votre Divinité qui ne commande qu'au
» Soleil, n'a point de droits sur la terre, tels
» qu'elle voudroit les établir. Qu'ainsi nous
» allons prendre les armes pour résister à vos
» entreprises ; mais nous vous supplions de
» vouloir bien considérer que c'est vous qui
» nous y contraignez ; que vous serez respon-
» sable à la Justice de tous les maux qui vont
» naître ; & que sans cesser de respecter le
» Gouverneur du Soleil, nous n'en combat-
» trons pas moins, de toutes nos forces, le
» Roi des *Pingades* «.

Quand notre harangue eut été débitée, Sa
Majesté nous répondit *qu'elle feroit attention à
nos remontrances, & qu'à la huitaine elle nous
rendroit une réponse positive.* Nous nous retirâmes dans une cabanne qu'on nous avoit fait
préparer ; & nous y trouvâmes toutes sortes
d'oiseaux morts, avec du pain & du vin du
pays. Je l'appelle vin, pour éviter la péri-

I. Part.   I

phrafe ; c'eft un breuvage , à peu près , comme celui de notre Ifle , mais plus violent.

Comme on nous avoit prévenus que les *Pin-
ga.les* ne connoifloient gueres le droit d'hof-
pitalité , nous fûmes furpris des préparatifs
que nous trouvâmes. Nous les tinmes pour
fufpects, & nous prîmes la réfolution de rendre politique pour politique, non dans le deffein de féduire , mais pour nous empêcher
d'être trompés. Rofwick qui avoit , plus que
moi , des connoiffances exactes de toutes les
manœuvres qui fe pratiquent en Europe, fut
d'avis que nous fuffions promptement rendre
vifite aux principaux Chapoulquirs.; & que
nos politeffes fuffent accompagnées des préfens que nous étions en état de leur faire. Je
fuivis fon fentiment; nous prodiguâmes l'eau-
de-vie, les couteaux , les cifeaux, les miroirs, quelques piftolets , de la poudre ; &
nous nous conciliâmes ainfi la bienveillance
des Chefs du Confeil.

Trois jours après nous reçûmes leur vifite,
& nous commençâmes à efpérer que notre
négociation pourroit avoir un bon fuccès.
Nous fêmes voir le Roi en particulier ; nous
lui offrîmes en notre nom douze couteaux à
gaine , fix paires de cifeaux , une paire de pif-

tolets, des balles, de la poudre, des pierres
à fufil, & deux petites cruches d'eau-de-vie.
Nous fûmes très-bien reçus de Sa Majefté ;
elle nous fit préfent en revanche d'un os d'u-
ne efpéce de *Piacour* deffeché, qui avoit,
nous dit-il, la propriété de guérir toute forte de maladies, en faifant une diette très-auf-
tere pendant trois mois entiers, & en buvant,
pendant ce tems, de l'eau, dans laquelle on
le met infufer. Après ce préfent falutaire, il
s'y prit de toute forte de façons pour nous engager à faire reconnoître feulement qu'il exif-
toit dans fa perfonne une fouveraineté univerfelle, & *Hiccherchifahidafornok*, grand terme
dont je ne peux rendre une idée fenfible dans
nos mœurs, fi ce n'eft qu'on voulût concevoir, par cette expreffion, une autorité qui ne
doit fe réferver que les grandes affaires, &
qui pour tout ce qui eft détail, laiffe regner
les autres fous fa protection ; ajoutant qu'en
reconnoiffance de fon droit, on lui payât un
tribut modique, qu'on nommeroit le Tribut
du Soleil. A ces conditions, il offroit d'ag-
grandir le Royaume de Wayferdanos, de faire
tomber les feux du Soleil, & de brûler
vifs ceux qui réfifteroient à ce Prince : pour
nous, nous étions fûrs d'être faits Chapoul-

quirs, en nous prêtant à cet arrangement.

Pendant que nous nous viſitions ainſi reſpectivement, nous ne pûmes point joüir de
l'avantage de voir ni le Roi, ni les Conſeillers, ſans leur maſque. Nous ne ſavions ce
que cela vouloit dire, & nous avions peine à
croire ce que notre Interprete nous diſoit ; il
vouloit qu'il ne ſervît ſeulement qu'à empêcher le tein de ſe gâter au Soleil : cela ne paroît pas vraiſemblable.

Le quatriéme jour nous vîmes arriver chez
nous nu vieux *Chapoulquir*, habillé & maſ-
qué comme de coutume. D'abord il nous dit
dans ſon langage : » Amis, vous ne reſſem-
» blez aux Wayſerdans que par la ſageſſe de
» la converſation ; votre ſon de voix, votre
» taille, votre couleur, votre air, ne tien-
» nent rien des Habitans de cette-Iſle ; qui
» êtes-vous ? D'où venez-vous ? Je ne veux
» point vous ſurprendre, parlez-moi à cœur
» ouvert ; j'ai conçu de l'amitié pour vous,
» vous aimez les *Piacours*, & les Piacours
» vous aiment ; ainſi je ne peux douter que
» vous ne ſoyez amis des Dieux. Parlez donc
» ſans feinte, car les Dieux en ſont enne-
» mis. A l'inſtant il ôta ſon maſque, & nous
» tendit la main «.

Comme Rofwick fe livroit peu, & ne fe preffoit pas de parler, il me donna le tems de prendre la parole. Je lui répondis fur toutes les queftions qu'il nous avoit faites, & je lui parlai avec une bonne foi proportionnée à la fatisfaction que j'avois reffentie, en lui voyant ôter fon mafque; car on nous avoit bien affurés que cette politeffe ne fe fait que pour des amis fi intimes que tout cérémonial eft banni vis à-vis d'eux.

Ce bon-homme nous dit que les préfens que nous avions faits, nous avoient mis dans une très-haute confidération; qu'on voyoit bien que nous venions d'un pays où l'on avoit acquis des Arts & des Sciences au-deffus de la portée des Wayferdans; & après nous avoir fait mille offres de fervice, il fit tout ce qu'il put pour nous engager à lui promettre de quitter l'Ifle de Wayferdanos, & de refter dans fon pays.

Rofwick alors nous interrompit, & lui tint un propos auquel il ne s'attendoit peut-être pas.

» Monfieur le Chapoulquir, nous fommes
» bien chez les Wayferdans; nous ne chan-
» gerons point, à moins d'être fûrs que nous
» ferons mieux; fans cela nous ne ferions pas

» fages. Pour favoir donc fi nous ferions
» mieux ici que dans notre Ifle, dites-nous
» fans fard quels font tous les gens qu'on
» trouve ici, quelles font leurs mœurs, les
» ufages, les vivres, les agrémens du pays.
» Continuez de nous parler fans mafque,
» car cet équipage nous révolte, nous n'y
» fommes point accoutumés ; que veut-il di-
» re ? Il me femble qu'on doit bien fe dé-
» fier de ceux qui font deffous «.

Ce bon-homme alors, les larmes aux yeux,
nous dit : » Mes amis, je ne vous en impo-
» ferai point ; je ne vous ai propofé de refter
» parmi nous, que parce que j'ai cru que
» vous étiez d'honnêtes gens ; j'avoue que
» j'ai moins confulté votre avantage perfon-
» nel que le mien : ils font fi rares parmi
» nous ! . . . . n'exigez point de moi que je
» trahiffe mes freres. Ne demeurez point
» ici ; mais permettez-moi de m'en aller avec
» vous ; que j'aye la fatisfaction de paffer le
» refte de mes jours avec des gens à qui le
» mafque eft étranger ; d'ailleurs, recevez,
» pour premiere marque de mon amitié, l'a-
» vis que je vous donne, de vous défier des
» bons traitemens qu'on vous fait : ils font
» d'ufage ici vis-à vis les perfonnes qu'on veut
» gagner «.

Ce pauvre homme nous attendrit, & nous lui promîmes ce qu'il demandoit, en cas que cela ne blefsât point les loix de fon pays. Nous apprîmes par fon Miniftre qu'au moyen des préfens que nous avions diftribués, nous pouvions efpérer de réuffir, & que la bonne intelligence qu'il y avoit entre les *Piacours* & nous, avoit très-bien difpofé les efprits. Ainfi nous eûmes, Rofwick & moi, tout fujet de nous applaudir de ce qu'en faifant des préfens aux vieux Confeillers, & jettant du grain aux *Piacours*, nous avions pris, fans le favoir, les deux feules routes qui pouvoient nous conduire au but.

Le jour indiqué étant arrivé, on nous donna une feconde audience; & le réfultat fut que l'on nous accordoit le privilége de refter comme nous avions toujours été. Cette expreffion paroîtra finguliere au Lecteur, qui ne fait pas qu'il y a, autour des *Pingades*, cent petits Etats, qui feroient fort heureux, s'ils avoient pu en obtenir autant; d'ailleurs, il ne faut pas difputer fur les termes, quand on fe procure l'avantage d'éviter une guerre qui auroit été fanglante. Tous ces différens Peuples auroient pris le parti des *Pingades*, parce qu'ils croient que c'eft fervir les Dieux. On n'au-

I iiij

roit pu maintenir ſes droits qu'en égorgeant une multitude de ces victimes, dont on épargnoît le ſang, en achetant, par des préſens ce qu'on auroit certainement pu ſe procurer par la voie des armes.

Nous retournâmes donc dans notre Iſle, bien ſatisfaits de notre négociation, & nous n'eûmes rien de remarquable dans notre route, ſi-non que nous y rencontrames une quantité ſi prodigieuſe de Sottards, qu'ils nous parurent encore plus nombreux que les *Piacours*. Quand nous fûmes arrivés, nous eûmes l'agrément de voir qu'on nous donnoit de grans éloges. Cela nous porta à engager le Conſeil à faire Régiſtre de la Réponſe du Roi des *Pingades*, ſans approuver ſes expreſſions, contre leſquelles on proteſteroit. On ſuivit notre avis, afin qu'à l'avenir on pût faire valoir ces proteſtations dans l'occaſion.

Trois mois après je perdis ma ſeconde femme; elle mourut d'un coup de corne qu'elle reçut d'un Daguir à la chaſſe, ſans que l'os du *Piacour* pût la réchapper. Roſwick commençoit à ſe laſſer de la ſienne; elle ne fut pas long-tems à s'en appercevoir & à ſe laſſer auſſi de lui; ils ſe démarierent, & nous nous trouvâmes ainſi libres de tout engagement. L'eau

de-vie nous manquoit depuis quelque tems ;
l'uniformité de notre vie nous devenoit à
charge ; tout cela ranima notre curiofité naturelle ; de façon qu'un jour nous nous mîmes
en route, mon ami & moi, accompagnés d'un
feul *Wayferdan* , à qui nos récits avoient
donné envie de voyager. Nous dirigeâmes
notre marche vers le pays des Pingades ; &
nous n'oubliâmes point de nous charger, nous
& nos quatre Sottards , de la plus grande
quantité de vivres que nous pûmes emporter.

Comme nous chaffions , chemin faifant ;
les *Piacours* , animaux auffi timides & peu-
reux qu'ils font méchans, n'ofoient pas nous
approcher. Peu à peu ils fe raffurerent, & vinrent nous efcorter, comme ils avoient fait la
premiere fois. Nous n'étions pas trop contens
de cette courtoifie ; mais comme ils voyoient
nos Sottardes & qu'ils nous fentoient du grain,
il n'y eut pas moyen de s'en débarraffer. Nous
leur en jettions de tems en tems quelque poi-
gnée ; pendant qu'ils le mangeoient, ils har-
celoient moins nos Sottardes, pour lefquelles ils témoignoient une belle paffion ; fans
cela nous aurions été obligés de faire feu fur
eux, ou de les leur abandonner à difcrétion.
En vérité, c'étoit dans ces vilains animaux

I v

une efpéce de rage ; car ils fe mordoient, &
ils fe déchiroient, uniquement pour joüir de
l'avantage d'en être plus près.

Nous arrivâmes pourtant, fans avoir été
forcés de tuer aucun de ces Dieux tutelaires du
pays. Nous nous logeâmes dans une cabanne
écartée, autour de laquelle nous les entendîmes roder & grogner toute la nuit. Nous ref-
fouvenant très-bien du crédit que leur bienveillance nous avoit attiré dans l'efprit des
Pingades, le lendemain, à la pointe du jour,
nous leur jettâmes du grain ; enfuite ayant
laiffé Rofwick pour garder la cabanne, je
fus voir avec le *Wayferdan* nos premieres
connoiffances.

Comme il parloit un peu la langue du pays,
nous nous fîmes entendre tant bien que mal.
On nous apprit d'abord que le vieux Chapoulquir, qui avoit voulu s'en venir avec nous,
étoit mort deux jours après qu'il nous avoit
rendu vifite. Voilà pourquoi nous n'avions
plus entendu parler de lui. J'en fus fâché ; il
nous avoit paru un parfait honnête homme.
Cependant fa fimplicité fur le compte des *Pia*-
cours nous avoit fait pitié ; il la pouffa même
fi loin, qu'il demanda en mourant que fon
corps fût mangé par eux, & à cet effet jetté

dans une de leurs tannieres, dans laquelle il ordonna qu'on feroit porter toutes les provivifions qui lui reftoient ; il avoit pourtant un fils & une fille, qu'il laiffoit, par cette ordoñnance, à la mendicité

Comme nous avions beaucoup de peine à nous faire entendre des *Pingades*, attendu que notre Infulaire n'étoit pas bien inftruit de leur langue ; il nous fut difficile de nous informer de tout ce que nous voulions favoir. Auffi n'en rapporterai-je que ce que nous avons pu voir par nous-mêmes.

Les femmes y font fort réfervées, & néanmoins débauchées à l'excès ; elles y font affez jolies ; Rofwick a été beaucoup plus à portée que moi d'en rendre compte. La grande vénération qu'on a pour les *Piacours*, qu'on regarde, ainfi que je l'ai déja dit, comme les Dieux tutelaires du pays, fait qu'il n'y a prefque point de femme, ou de fille, qui n'en ait un qui va & vient dans fa maifon, comme en France les Dames ont de petits chiens. Chacune a grand foin de fon animal, le nourrit bien, & le tient toujours fort gras. On prétend même qu'il s'affectionne fans difcernement, & dans le goût de ces petits chiens qui, lorfqu'ils font fur les genoux de leur

Maîtreffe, grondent, aboyent & mordent in-
diftinctement tous ceux qui veulent en approcher, fût-ce le Maître de la maifon. Le
pauvre Rofwick a penfé être une fois mordu
au derriere par un de ces animaux ; il en fut
quitte pour avoir la culotte déchirée, ou plutôt la peau qui lui en fervoit. Cette étrange
manie me choquoit fi fort, que je fuyois une
femme du plus loin que je la voyois. Pour
Rofwick, qui étoit un marin, & qui avoit
vu des pays où je n'avois jamais été, il s'ac-
coutumoit mieux que moi à ce qui me caufoit tant de répugnance. Il fut même fort heureux de n'être pas la victime de fes foibleffes ;
car l'habitude où font les femmes d'avoir toujours un *Piacour* auprès d'elles, rend leurs
appartemens mal-fains ; & on y gagne des maladies dont il eft fort difficile de fe bien
guérir.

Il y a dans ce pays des Singes, tels que
chez les *Wayferdans*, mais en bien plus grand
nombre. La raifon en eft bien fimple : on ne
leur a pas donné la chaffe, comme ont fait
ces derniers ; au contraire, il eft du bel air,
parmi les gens de diftinction, c'eft-à-dire, les
Confeillers du Roi & les Miniftres, d'en avoir
quantité chez eux. Ces animaux contrefont

leurs Maîtres à merveille ; il n'y a rien de fi
plaifant ; on y eft quelquefois trompé , au
point de les confondre au premier abord.
D'ailleurs on y trouve beaucoup d'oifeaux &
de bêtes de toute efpéce.

Rofwick & moi , nous nous apperçûmes
très-bien que tous ceux des *Chapoulquirs* à
qui nous avions fait préfent des miroirs , &
le Roi même qui en avoit reçu un , nous regardoient de mauvais œil. Quelques propos
qui nous furent rendus par notre Interprete,
tant bien que mal , piquerent notre curiofité. Nous parvinmes à nous éclaircir , & nous
apprîmes que tous ces vieux *Pingades* , en fe
regardant dans nos miroirs , s'étoient trouvés
fi laids qu'ils les avoient caffés ; & qu'au lieu
de croire que ces glaces les repréfentoient tels
qu'ils font , ils avoient penfé que c'étoit par
malice que nous leur avions donné des ma-
chines qui les peignoient fi mal ; & ils nous
faifoient ainfi un crime de leur avoir révélé
une difformité qu'ils fe cachoient à eux-mêmes. Cette réflexion , qu'ils ne firent pas
tout d'un coup , nous mit mal dans leurs efprits ; & fi nous avions eu des miroirs de refte , nos préfens , loin d'être bien reçus , à ce

dernier voyage, nous auroient mis sur le corps
de très-mauvaises affaires.

Comme nos vivres étoient presque épuisés,
& que nous avions déja appris par expérience,
que les Pingades ne nous seroient pas d'une
grande ressource, nous songeâmes à les quitter. Nous prîmes le chemin de la mer, tirant
vers l'ouest de ce pays. Quand nous fûmes sur
la côte, nous apperçûmes une autre Isle, dis-
tante d'environ deux lieues. Tous les outils
que nous avions trouvés dans nos caisses,
étoient dans un sac de cuir sur un *Sottard*.
Nous nous en servîmes pour construire un radeau, qui fut achevé le lendemain.

Cependant, comme nous ne savions pas ce
que nous pourrions rencontrer dans cette nouvelle Isle, nous nous avanturâmes de tuer un
Piacour assez jeune. Nous le chargeâmes su-
notre radeau, & dans trois heures notre trajet fut fait. Nous y trouvâmes de l'eau ex-
cellente & des oiseaux fort bons. Roswick &
moi, nous nous exercions à les tuer à coups
de flèche par partie de plaisir.

Nous passâmes très-bien la nuit, & le lendemain nous nous enfonçâmes dans les terres. Après nous être promenés deux jours sans

rencontrer un feul Sauvage, le troifiémé, fur les 10 à 11 heures du matin, en fortant d'un bois, nous vîmes une douzaine d'hommes qui fe repofoient fur l'herbe, ayant à côté d'eux leurs armes & leurs habits. Ils fe leverent tout d'un coup, & en nous couchant en joue, ils nous crierent : HOLD THEKE, WHO ARE YOU? Qui veut dire, *halte-là, qui vive?* A ces mots Rofwick répondit : ENGLISHMAN, CAPITAIN ROSWICK, *Anglais, Capitaine Rof-vvick.* A l'inftant ces gens baifferent leurs armes, en nous criant : COME NEAR, DEAR FRIENDS, GOD BLESS THE ENGLISHMAN, *ap-prochez, chers amis, vivent les Anglois,* & marcherent à nous, comme nous marchions à eux. On peut bien s'imaginer quelle fut notre joie de retrouver des compatriotes après fix ans d'exil, & avoir perdu toute efpérance de retour. Ces hommes étoient des Anglois que le Capitaine Karphirell avoit envoyé dans fa chaloupe pour reconnoître l'Ifle, & favoir s'il pourroit s'y radouber. Son Vaiffeau, appellé *le Tigre,* avoit été furpris, comme le nôtre, d'une tempête très-violente, & il s'étoit trouvé, le feptiéme jour, pouffé à deux lieues de cette petite Ifle, dont il n'avoit pas ofé s'approcher plus près avant d'avoir fait

reconnoître les lieux. Il avoit jetté l'ancre , &
étoit refté fur fon bord , attendant des nouvelles de fon Lieutenant.

On commença par nous donner de l'eau-
de-vie, du pain, du vin , de la volaille froide.
Cela nous parut d'autant meilleur, qu'il y
avoit long-tems que nous n'en avions mangé.
Ayant trouvé une efpéce de rade , on y fit
entrer le Vaiffeau. Karphirell refta immobile
en voyant nos trois figures : mon Sauvage ve-
lu comme un animal , lui & nous couverts de
peaux de bêtes , portant une très-longue bar-
be , & deux d'entre nous parlant Anglais.
Rofwick gardoit en fouriant un fecret au fond
de fon cœur. Quand il eut été bien examiné
& bien vifité par le Capitaine , il lui fauta au
col , & fe nomma. La furprife de Karphirell
redoubla ainfi que fa joie , en retrouvant dans
Rofwick un parent & un ancien camarade de
voyage.

CHAPITRE VIII.

Animaux très - singuliers que nous trouvons dans cette petite Isle. Nos observations à ce sujet. Propriété de la peau du Gulardif. Nous arrivons à Londres. On nous assigne une pension. Richard est baptisé.

PENDANT qu'on travailloit à radouber le Vaisseau, nous nous occupions à chasser, l'Isle étoit pleine de toute sorte d'animaux, tous plus curieux les uns que les autres, celui dont la singularité nous frappa le plus, est une espéce d'animal à quatre pattes, qui cependant nous a paru ne marcher qu'à deux ordinairement. Notre Wayserdan nous dit qu'on en voyoit quelquefois dans leur Isle, mais qu'il ne s'y arrêtoient point : apparemment que le climat ne leur est pas propre, ils les nomment Gulardilf, qui, dans leur langage signifie bête ou oiseau de passage. Sa tête est médiocrement grosse, platte sur le devant, le col ni court ni long, il a, comme la perdrix beaucoup de chair sur la poitrine, la croupe à peu près com-

me un cheval , mais point de queüe , les cuiſ-
ſes , les jambes , & les pieds , ſont comme
ceux d'un homme , la groſſeur n'eſt pas telle
qu'elle nous avoit paru d'abord. De deſſus
les hanches part une quantité prodigieuſe de
grandes plumes qui , les unes ſur les autres,
décrivent un très-grand ovale , qui s'élargit
toujours en deſcendant.

Ce volume nous avoit fait illuſion , & nous
avoit portés à croire que cet animal étoit beaucoup plus gros qu'il n'eſt véritablement. Pour
ne point nuire à nos obſervations par le bruit,
nous ne tirâmes deſſus qu'avec nos fléches.
Comptant ne pouvoir percer le gros volume d'en bas , nous viſâmes à la tête ; mais
elle eſt ſi dure que nos fléches ne nous ſervoient de rien ; ſi nous avions été plus inſ-
truits , nous nous y ſerions pris différemment;
car toutes ces plumes qui ſervent à cet animal plutôt de parade que de défenſe , ne
forment point un corps difficile à pénétrer,
le moindre petit vent qui ſouffle les ſoule-
ve & les détache toutes les unes des autres; ſi
nous euſſions viſé dans ces parties , nos fléches y ſeroient entrées fort aiſément ; & quand
même la bleſſure n'eût pas été mortelle pour
cette bête , nous l'aurions arrêtée , du moins

affez long-tems pour nous en faifir. Notre
fauvage cependant la frappa au côté gauche;
elle tomba du coup, & refta par terre. Nous
courûmes deffus, & nous la prîmes fans peine ; elle avoit déja perdu toutes fes forces.

Notre fauvage nous débita tant de rêveries
& de chiméres, fur le compte de cet animal,
que fans vouloir en rien croire, nous ne pûmes pas nous refufer à l'envie de nous en
éclaircir : le lendemain nous nous mîmes au
guet fur des arbes, bien réfolus de ne faire
aucun bruit. Nous n'y fûmes pas une demie-
heure que Rofwick & moi, nous apperçûmes un Gulardilf qui avoit autour de lui
une efpéce de Cour compofée d'oifeaux, dont
les uns avoient une très-petite tête & les
griffes fort courtes, les autres la tête très-
groffe & les griffes fort longues. J'ignore le
nom de ces oifeaux. Ils avoient tous un plumage admirable, furtout quand ils étaloient
leurs aîles au Soleil , cela faifoit l'effet du
paor.

La couleur dominante des oifeaux à groffe
tête, eft le jaune mêlé de noir & d'un brun
olivâtre, celle des autres eft une couleur de
feu peu foncé. Leurs cris différent autant que
leurs tailles ; car ceux-là qui font gros & courts,

ont la voix rogue, le chant dur & défagréable; ceux-ci au contraire font communement
longs & déliés, à peu près comme des levriers;
& leur gafouillement fans être un véritable
ramage, eft affez doux. Peut-être feroit-il, à
la longue, auffi défagréable que celui des autres; nous fommes toujours en état de certifier qu'il eft dans les premiers momens beaucoup plus fupportable.

A l'égard du Gulardilf, il a deux fons de
voix très-diftinéts l'un de l'autre. Quand il
fe tournoit du côté des oifeaux de la petite
efpéce, il crioit où henniffoit d'un ton affez
ferme, comme s'il eût commandé : & lors
qu'il fembloit s'adreffer à un oifeau de la
groffe efpéce, fon henniffement étoit doux
comme la voix d'une femme. Toutes ces vo-
latilles prenoient plaifir à faire la roue autour du Gulardilf. Quand ils s'en approchoient,
il leur en coûtoit toujours quelques plumes
que l'animal leur arrachoit, tantôt avec la
gueule, tantôt avec les pattes de devant. Ce
manege dura fort long-tems & fut diverfifié
de cent façons. Nous obfervâmes que les
groffes têtes font des oifeaux de proye : plufieurs quitterent de tems en tems le Gulardilf, pour aller donner la chaffe aux oifeaux

de l'Ifle , autres cependant que ceux dont je
viens de parler , & avec lefquels il fembloient
s'accorder affez bien. Quand ils en avoient
pris quelqu'uns, ils l'apportoient à l'animal
qui alors faifoit faux bon aux petites têtes,
pour venir manger la proie avec ceux qui
la lui procuroient. Après cela ils s'enfoncoient
enfemble dans les brouffailles, où nous ne
pouvions pas voir ce qui fe paffoit. Quand
tous les oifeaux à gros bec étoient en courfe, le Gulardilf retournoit dans ces mêmes
brouffailles avec les oifeaux de l'autre efpéce
qui reftoient auprès de lui; & à chaque fois
qu'il y entroit, fon cri avoit la douceur que
je viens de dépeindre; il étoit même accom-
pagné d'un battement d'aîles fort plaifant, tant
de fa part que de celles des oifeaux qui l'y
fuivoient. Ceux-ci faifoient encore , en cou-
rant après lui, une efpéce de murmure, tel
que celui que l'on voit fouvent faire aux pi-
geons ; mais à peine étoient-ils fortis des
brouffailles , qu'ils crioient ou chantoient de
toutes leurs forces. Il faut convenir que ce
manege eft fingulier : je fuis fâché de n'en
pas donner le denouement. Sans doute que
les naturaliftes auront lieu de faire bien des
commentaires à ce fujet: pour moi qui veux

m'en tenir aux faits, fans propofer mes conjectures, je les laiffe chercher en vain à approfondir les mifteres de la nature. Ses opérations les plus communes & les plus familieres n'en feront pas moins ténébreufes ;
ils auront beau la fuivre de près , elle fe
joue de tant de façons, que les plus clair-
voians ne feront encore que des fots.

Près de l'endroit où cette commédie fe paffoit, il y avoit une efpéce de petite caverne
creufée naturellement dans le Roc. Le Gulardilf s'y retira ; il y fut fuivi par un de ces
oifeaux de proye qui nous parut plus gros &
d'un plumage plus brillant que tous les autres. Il portoit avec lui la chaffe qu'il venoit
de faire. Le refte de la compagnie fe dif-
perfa , à l'exception de deux petites têtes qui
refterent perchées, & comme en ambufcade
fur un arbe voifin de cette caverne. Une heure après celui qui y étoit entré, fortit & s'en-
volla ; & à l'iftant les deux autres s'y introdui-
firent.

Curieux de voir ce qui s'y paffoit, nous
defcendîmes auffi - tôt Rofwick & moi ; &
notre fauvage qui nous cherchoit étant fur-
venu, nous courûmes tous trois au lieu de ce
beau rendez-vous. Le bruit que nous fîmes

malgré nous, empêcha notre curiofité d'être
fatisfaite. Dès que nous arrivâmes à la porte de la cabanne, ces trois oifeaux effrayés
s'éfforcerent de s'enfuir. Mais Richard, fon
arc à la main tout bandé, en fermoit l'entrée avec fon corps. Nous attrapâmes les deux
petites têtes ; & tandis que nous faifions
cette opération, le Gurlardilf par un excès
de peur ou de hardieffe, fe précipita fur l'arc
du fauvage, & fe bleffa lui-même de la fléche dont il étoit armé.

. Il y avoit dans ce réduit une quantité de
plumes de toute efpéce entaffées les unes fur
les autres, comme pour fervir de lit au Gulardilf. Nous obfervâmes que cet animal étoit
femelle, ainfi que le premier que nous avions
tué, & nous avons parti de l'Ifle fans avoir
la fatisfaction d'en attraper un mâle, au moyen
de quoi je ne peux pas dire s'il y en a, ni
comment ils font faits. Nous remarquâmes
auffi que les deux premiers oifeaux avoient
tant perdu de plumes qu'à peine pouvoient-
ils voler. Nous en avions déja trouvé de
morts & prefque nuds, fans avoir fait attention à cette circonftance : nous croyons que
c'étoit l'effet de la vieilleffe, de la maladie,
ou de quélque autre caufe peu intéreffante ;

mais deux jours après nous en vîmes un tomber à nos pieds & se casser le col , c'étoit une petite tête ; ceux-ci qui prennent toujours un vol fort élevé tombent souvent , faute de pouvoir se soutenir , à cause de la grande quantité de plumes qui leur ont été arrachées. Karphirell fut témoin d'une pareille avanture ; & nous en avons rencontré plus de 30 dans le même goût. Roswick vit aussi arriver le même malheur à un oiseau à grosse tête ; mais c'est la seule fois. Nous n'en avons pas même trouvé de morts. Soit que ces oiseaux aient la vie plus dure que les autres, soit que se nourrissant des autres animaux, & étant ainsi toujours dans l'abondance , leurs plumes repoussent plus promptement , enfin soit tout ce qu'il vous plaira ; il est constant que nous sommes en droit de croire que cet accident leur arrive moins fréquemment , & qu'il faut que quelques raisons de cette nature concourent pour les en mettre à l'abry , car ils volent & sont toujours élevés à perte de vue comme ceux de l'autre espéce.

Nous apprîmes encore par notre Sauvage , que dans son pays on fait beaucoup de cas de la peau du Gulardilf, qu'on regarde comme un Topique admirable, contre toutes les

maladies

maladies qui proviennent d'une chaleur im-
modérée du fang, de façon qu'en fe l'appli-
quant fur la poitrine, on eft plutôt guéri qu'a-
vec tous les réfrigerans qu'on pourroit prendre. Nous eûmes occafion d'en faire l'effai:
Un nommé Louis Vandolf, Soldat de notre
Vaiffeau ne pouvoit pas dormir; il avoit des
inquiétudes dans tous les membres, des dé-
mangeaifons étonnantes, & des feignemens
de nés très-fréquens. On lui fit l'application
du Topique; d'abord il parut foulagé; on
continua l'application pour le guérir radica-
lement. Mais cette Peau ayant apparemment
féjourné trop long-tems, il fut tellement ra-
fraîchi, que fon eftomach ceffa de faire fes
fonctions; fes membres devinrent perclus;
enfin il mourut, fans qu'il fût poffible de le
fauver, quelques fecours qu'on lui donnât. Je
prens donc la liberté de confeiller au Public,
que fi ces Peaux, devenues un jour communes & marchandes, font vendues comme un
remede pour rafraîchir, il en ufe très-mo-
dérément, fans quoi on verroit arriver le mê-
＊me malheur.

Après un féjour de trois femaines, nous mîmes à la voile. On nous embarqua, Rofwick
& moi avec notre Sauvage, & nos deux cou-

I. Part.   K

ples de Sottards. Karphirell qui revenoit des Indes en Angleterre, fit sa traite assez heu-reusement. Nous arrivâmes à Londres sans au-cun événement remarquable le 9 Mars 1685.

Karphirell nous logea chez lui, nous & toute notre suite. Il nous fit habiller; après quoi ayant parlé de nous au Roi Jacques II. ce Prince eut envie de nous voir. Nous lui fûmes présentés, & il fit cas des terres que nous avions découvertes. Il eut aussi la bonté de nous assigner, à Roswick, au Sauvage & à moi chacun 100 livres Sterlings de pension. Toute la Cour vint chez Karphirell, pour être instruite de notre histoire & pour voir nos Sottards. Ce qu'il y eut de fâcheux & de sin-gulier, c'est que quinze jours après notre arrivée, les deux Sottards mâles perdirent leurs cornes, qui depuis n'ont jamais re-poussé. Je ne sai pas pourquoi : sans doute que le climat en est la cause. Toute la Cour d'Angleterre, & beaucoup d'autres gens cu-rieux, ont néanmoins eu le tems de les voir avec leur bois, que Roswick & moi nous avons toujours conservé.

La pension qui nous avoit été accordée par le Roi, jointe à la générosité de Karphirell qui nous gardoit gratuitement chez lui, nous

mit à notre aife en peu de tems. Notre Wayferdan, en apprenant la Langue Anglaife,
apprenoit auffi fa Religion. Il fut baptifé le
13 Avril 1686, & nommé Richard.

CHAPITRE IX.

Nous allons à Paris. Avantures plaisantes de Richard. Ses observations fur différens objets. Il nous force de revenir à Londres.

APRES deux ans de féjour à Londres, j'eus envie de revoir ma patrie. Roswick fut du voyage. La fimilitude de notre fort nous avoit rendus amis inféparables. Nous arrivâmes à Paris avec Richard le 6 Mai 1687. Nous ne laifsâmes à Londres que nos quatre Sottards, dont Karphirell me promit d'avoir grand foin.

Je retrouvai dans le Parlement les mêmes amis que j'y avois avant mon départ de France. J'en fus véritablement charmé, & ils ne me revirent pas avec moins de plaifir. Nous leur racontâmes toutes nos avantures : la fatisfaction avec laquelle ils en écoutoïent le récit, fembloit nous révéler tous les commentaires qu'ils faifoient au fond de leur cœur.

Notre hiftoire qui tranfpira bien-vîte, piqua la curiofité d'une infinité de perfonnes,

& leur curiosité fit de nous des hommes inté‑
reffans : c'étoit à qui nous auroit. Les fem‑
mes furtout ne fe laffoient point d'examiner
Richard : elles lui faifoient découvrir les bras,
la poitrine ; & le poil dont il étoit couvert,
ne paroiffoit point leur donner de l'averfion,
malgré quelques exclamations & quelques
grimaces qu'elles faifoient en riant de toutes
leurs forces. J'attribuai cela à l'empire de la
nouveauté. Une chofe qui les amufoit encore
beaucoup, c'étoit le parler de Richard. Il fa‑
voit très‑mal l'Anglais, & beaucoup plus mal
le Français. On avoit toutes les peines du
monde à lui donner la prononciation, & à
lui faire concevoir la conftruction des phrafes.
Cela n'étoit point étonnant de la part d'un
Sauvage qui avoit appris l'Anglais & le Fran‑
çais prefque en même tems, & dont la Lan‑
gue naturelle étoit pleine d'irrégularités.

Au moyen de fa prononciation ... gro‑
tefque que fa figure, du mauvais chois des
mots, & du peu d'ordre qu'il y mettoit, fon
jargon devenoit le plus original & le plus plai‑
fant qu'on puiffe jamais imaginer. Ses geftes
n'étoient gueres moins irréguliers. Un jour,
pour faire la revérence à une Dame chez la‑
quelle nous allions dîner, il lui dit : *moi, Da‑*
K iij

me, serviteur pour votre. En proférant ces paroles, il l'honora d'un coup de tête dans l'esto-
mach, & il donna en même tems un coup de
pied par derriere à un petit chien qui ne s'attendoit pas que mon homme feroit si mal sa
revérence. Le pauvre animal cria beaucoup :
la Dame qui du coup de tête étoit tombée
dans son fauteuil, se releva & courut vîte à
son petit chien. Elle le baisa, le frotta, le
caressa : il cessa de crier ; après quoi elle voulut se plaindre à son tour ; mais quand elle
vit qu'on ne pouvoit pas s'empêcher de rire,
elle prit son parti, & fit comme nous. Alors
pour nous égayer davantage, nous dîmes à
notre Sauvage de faire ses excuses à la Dame.
Il obéït ; & dans le moment qu'il lui débi-
toit, en ouvrant ses bras, que *lui avoir douleur grande pour son nature mal-droite,* (pour
mal-à-droite) il voulut encore se rapprocher
d'elle ; mais le petit chien devenu plus hardi,
parce qu'il étoit sur les genoux de sa Maîtres-
se, pensa sauter à la face du harangueur ; les
ris redoublerent, & le compliment finit.

Cet événement n'empêcha pas Richard de
boire & de manger comme quatre. La Maî-
tresse de la maison le remarqua plus que nous.
Le lendemain elle nous l'envoya demander

pour paſſer la journée avec elle. Le Domeſti-
que nous ajouta qu'elle nous prioit de n'être
point inquiets , que Richard ſeroit ramené
en caroſſe , ou qu'on lui donneroit un lit s'il
étoit trop tard.

Comme c'étoit une femme de grande conſidération par ſon rang & par ſa qualité de
Dame de Charité de ſa Paroiſſe , nous n'osâ-
mes pas la refuſer. Richard ne revint point de
la journée , & le lendemain nous fûmes in-
vités à dîner chez la même perſonne. Nous
nous y rendîmes. Nous trouvâmes que notre
homme avoit l'air plus gai & plus content
que de coutume , ſans que nous en pénétraſ-
ſions la cauſe. Quand on eut ſervi , Richard
prit la premiere place , & ſe mit en devoir
de faire de ſon mieux les honneurs de la
table , ainſi qu'il avoit vû faire aux Maîtres
de maiſon. Le vin augmenta ſa bonne humeur. Roſwick & moi , nous prenions plaiſir à le laiſſer agir à ſa fantaiſie. Mais nous
étant apperçus que la Dame rougiſſoit , pâ-
liſſoit , & étoit fort embarraſſée de ſa conte-
nance , je m'approchai de lui en ſortant de table , & je lui dis dans ſa Langue naturelle
qu'il falloit s'en retourner avec nous pour des
raiſons qu'il ignoroit , & que je lui dirois.

K iiij

L'inftant d'après nous fortîmes. En partant; Richard ne fit point de revérence ; mais il fut tout naturellement embraffer la Dame, qui en parut fi déconcertée qu'elle n'eut pas la préfence d'efprit d'en empêcher.

Dès que nous fûmes libres, il nous fauta, au col, & nous dit dans le langage de fon pays : » Amis, nous ne voyagerons plus, nous » avons fait fortune, tout ce que vous avez » vû là eft à vous, parce qu'il eft à moi. » Madame de... m'a époufé «. Nous écla-tâmes de rire à ce propos. » Quoi, continua-» t'il, ne m'avez-vous pas dit que dans vo-» tre pays le mari eft le maître ? Je fuis fon » mari ; je fuis donc fon maître : ainfi tout » eft à nous «.

Ce pauvre homme ne favoit pas encore comment les mariages fe contractent parmi nous ; & il penfoit que c'étoit à peu près en France comme à Wayferdanos. Nous lui expliquâmes que cette femme n'étoit point la fienne, qu'elle avoit même un mari qui étoit à la Cour ; qu'ainfi elle ne pouvoit pas l'époufer, quand même elle le voudroit. Lorf-qu'il eut entendu ce difcours, il nous deman-da avec étonnement fi cette Dame avoit con-tracté engagement public ; nous lui dîmes

qu'oui. A cette réponse, il entra en fureur,
& répéta trois ou quatre fois Bachouri, qui,
comme je l'ai dit précédemment, signifie *infâme.* Pour l'appaiser, nous lui développâmes cette partie de nos mœurs : nous lui fîmes comprendre que les femmes étoient peut-
être bien moins criminelles que les hommes ;
qu'ils les plongeoient dans le vice par leur
mauvais exemple ; qu'elles le suivoient par
une espéce de droit de représaille ; que cela
leur étoit d'autant plus pardonnable, que nous
étions les premiers à tout employer pour les
séduire & les détourner de la vertu. En vérité
je fus édifié de l'indignation qu'il fit paroître à ce récit. Son bon sens Wayserdan ne
comprenoit point comment on pouvoit se
faire un point d'honneur de tenir sa parole
dans des choses légeres, & néanmoins croire qu'on ne se déshonore pas en manquant à des
engagemens sérieux, qui deviennent plus
forts & plus respectables par la publicité, &
que la Religion rend sacrés. Il faut bien, disoit il, que ces sermens ne soient que de forme & de cérémonie, & que l'usage autorise
ceux qui semblent les faire, à ne les observer qu'autant qu'il leur plaira : au moyen de
cette convention générale & tacite, personne

K y

n'eſt coupable ; mais la Loi primitive ne ſubſiſte plus : la mienne qui permet le divorce,
eſt bien plus ſage que la vôtre : elle contient
chacun dans ſon devoir, ſans bleſſer la liberté naturelle. Si jamais je me marie, ce ne
ſera qu'à cette condition. On croiroit, dit
Roſwick en riant, qu'il auroit lu mon Concile de Tolede.

La curioſité de Richard le portoit à nous
faire des queſtions ſur tout ce qu'il voyoit.
Sa ſurpriſe fut inconcevable quand il fut au
Palais, & que nous lui eûmes expliqué ce
qui s'y paſſoit. » Comment, s'écrioit-il, des
» hommes qui ſavent tant de choſes, ne ſavent
» pas ſe gouverner eux-mêmes & ſe procurer
» la paix ! c'eſt pourtant la premiere ſcience
» qu'on doit avoir. Car vous pouvez vous
» diſpenſer d'être en commerce avec les Aſ-
» tres, & par conſéquent il vous eſt fort per-
» mis d'ignorer ce qui les concerne ; mais
» vous êtes obligés de vivre en ſociété. Ain-
» ſi il faut commencer par apprendre les
» droits reſpectifs des membres de cette ſo-
» ciété, afin d'y vivre en paix. Que vous êtes
» donc malheureux de ne pouvoir acquérir les
» connoiſſances ſuperflues qu'aux dépens des
» connoiſſances néceſſaires ! Se peut-il que

» les chofes que vous qualifiez de biens, con-
» tribuent tant à vous priver du repos & à
» faire votre malheur? Pour nous, nous n'a-
» vons jamais travaillé qu'à nous rendre ver-
» tueux; cela nous a conduits à ne faire cas
» que du néceffaire, à méprifer le furplus, &
» à être heureux. Habitués à commander à
» nos defirs, nous ne nous y livrons que lorf-
» que nous pouvons les fatisfaire fans mau-
» vais retour. Ils ne naiffent point dans nos
» cœurs pour y porter le trouble & les re-
» grets; c'eft feulement pour les difpofer au
» plaifir. Cet empire fur nous-mêmes eft un
» bien réel qui nous fuit partout, que per-
» fonne ne peut nous ravir, parce qu'il ne
» dépend que de nous. Auffi n'avons-nou.
» point de Palais, tel que vous en avez
» un ici; comme la vertu eft fimple, & que
» nos Loix y ont un rapport direct, elles font
» également fimples; tout le monde les en-
» tend; il ne faut point de gens pour les ex-
» pliquer; & quand ce que vous appellez
» ici un Avocat feroit tous fes efforts pour dé-
» truire le fens de la Loi, ou fon application,
» fes artifices & fon talent maudit ne fervi-
» roient de rien. En effet, fi mon voifin,
» m'ayant refufé le fecours qu'il pouvoit me

» donner fans s'incommoder , m'a occafionné
» une perte dont je me plaigne au Roi , vo-
» tre Avocat ne prouvera pas que mon voifin
» n'a pas mal fait. Je ne trouve point que
» cette fupériorité de génie vous donne un ·
» grand avantage fur nous , puiqu'elle a tel-
» lement embarraffé la Juftice , qu'il vous
» faut une armée d'hommes pour la retirer du
» labirinthe où elle eft détenue.

 » Si je ne me trompe , continua t'il ,· ceci
» eft une guerre bien en regle ; car fi tous
» ces gens que je vois ne cherchoient que la
» Juftice , ils feroient tous de fon parti. Mais
» point du tout : de la façon dont vous me
» dépeignez les chofes , il y a toujours des
» troupes qui combattent pour elle , & des
» troupes qui combattent contre : je ne con-
» çois pas cela dans des perfonnes qui paffent
» toute leur vie à étudier les Lois: Je les com-
» pare , moi , à ce que vous appellez en An-
» gleterre *Troupes auxiliaires* ; à ces gens qui
» neutres dans les querelles , époufent fans
» examen le parti de ceux qui les foldent pour
» les avoir de leur côté. Encore , me dites-
» vous , faut-il quelquefois dix années pour fe
» faire rendre la juftice qu'on demande. Quel-
» le barbarie ! quel arrangement abfurde &

» pervers ! L'injustice peut être l'ouvrage d'un
» moment, & il faut plusieurs années entie-
» res pour en obtenir la réparation ! Enfin, ſi
» mes notions ſont fauſſes ſur cet article, &
» ſi ceux qui diſputent ainſi les uns contre les
» autres, ſont tous dans la bonne foi, il
» faut néceſſairement que ce que vous nom-
» mez la Juſtice ſoit arbitraire, ou tout au
» moins quelque choſe de ſi difficile à dé-
» mêler, qu'on puiſſe aiſément s'y tromper ;
» auquel cas c'eſt un grand malheur, & une
» honte pour votre nation. Faſſe le Ciel qu'il
» vous envoie d'aſſez bons citoyens pour tra-
» vailler à ſimplifier vos Lois, & qui en ſpé-
» culant plutôt ſur l'éclipſe de votre bon ſens
» que ſur celle d'une Planette, puiſſe vous
» procurer la paix «. Il nous demanda enſuite
ſi c'étoit la même choſe à Londres qu'à Paris.
Nous lui répondîmes que la forme étoit un
peu différente, mais qu'il y avoit pareillement des Juges & des Avocats. » Eh bien ;
» repliqua-t'il, on eſt auſſi fou à Londres
» qu'à Paris «. Voilà quelle fut ſa ſolution.

Il y avoit encore une choſe qui le choquoit
beaucoup, c'étoit l'irrévérence avec laquelle
on aſſiſte ordinairement au Service Divin. Il
s'imagina d'abord que la plupart de ceux qu'il

voyoit dans les Eglifes, n'y venoient que
par curiofité , & ne croyoient pas dans notre
Religion. Je n'ofois prefque le détromper,
dans la crainte que cela ne fît tort à fa foi.
Preffé par fes queftions, je fus forcé de lui
révéler ce que je voulois lui cacher. Ce pauvre homme qui avoit été témoin du refpeét
avec lequel on fe tenoit en préfence du Roi,
qu'il avoit vû manger à fon grand couvert, ne
pouvoit pas fe perfuader ce qu'il voyoit , & ce
que je lui difois. » Comment, nous difoit-il,
» tous ces gens-là croyent que le Dieu qui a
» fait le Ciel & la Terre , qui les a créés eux-
» mêmes , qui les fait vivre , qui peut les
» exterminer au moment qu'ils l'offenfent,
» eft préfent dans vos Eglifes, comme le
» Roi dans fon Palais quand ils vont fai-
» re leur cour , que c'eft à ce Dieu qu'ils par-
» lent, qu'il les voit, qu'il les entend ! &
» loin d'être faifis de refpeét & de crainte ,
» ils y font comme dans une promenade ou
» dans un cercle de fociété ! cela ne fe peut
» pas : certainement ils ne croient point,
» mais ils font femblant de croire , parce
» qu'ils ont apparemment quelques raifons
» pour feindre. Vous me dites pourtant qu'ils
» ont fait au Baptême les mêmes fermens que

» moi ; & néanmoins, quoiqu'ils violent ces
» fermens , on les tient parmi vous pour
» d'honnêtes gens. Voilà des chofes qui ne
» peuvent pas fe concilier. Quand on a juré
» fidélité à votre Roi , & qu'on manque à
» cet engagement , on eft déshonoré , &
» quelquefois puni de mort : vous ne regar-
» dez donc point votre Dieu comme au-def-
» fus de votre Roi. Vous allez plus loin en-
» core : vous devez croire que ce Dieu eft
» moins qu'un homme,, car dans vos mœurs
» on fe dèshonore en manquant aux pro-
» meffes qu'on a faites à un fimple particu-
» lier , & vous n'en eftimez pas moins ceux
» qui manquent à votre Dieu. Pour moi, je
» penfe que quand on a promis publique-
» quement de faire quelque chofe , on fe fait
» honneur en tenant publiquement fa promef-
» fe ; que cela doit établir la confiance , &
» faire préfumer qu'on n'eft pas homme à
» manquer aux engagemens moins folem-
» nels qu'on peut contracter dans le parti-
» culier «.

Un jour Monfieur le Moralifte fut fi in-
digné de la façon dont une perfonne de notre connoiffance entendoit la Meffe , qu'en
rentrant chez nous avec elle , il lui fit cette

queſtion. » Crois-tu dans ta Loi ? Oui, ſans
» doute, répondit-elle. Tu es donc un mal-
» honnête homme, repliqua Richard, puiſ-
» que tu ne fais pas ce que tu crois être obligé
» de faire. Pourquoi, repartit la même perſon-
» ne en riant ? Je ne ſuis pas Chrétien, j'ai une
» autre Religion que je fais comme vous faites
» la vôtre. Oh, reprit le Wayſerdan, cela
» poſé, dis-moi donc quelle eſt ta Loi, afin
» que je ſache ſi elle te défend d'être un co-
» quin ; juſqu'à ce que j'en fois inſtruit, &
» que je te la voie pratiquer, je me défierai
» de toi «. Comme la plaiſanterie devenoit un
peu vive, nous jugeâmes à propos de la faire
finir.

La quantité de pauvres que Richard trouvoit dans les rues & aux portes des Egliſes,
lui donnerent une très-mauvaiſe idée du pays
ou de ſes habitans. Son gros bon ſens faiſoit
un raiſonnement très-ſimple. » Ou le pays n'eſt
» pas aſſez abondant pour nourrir tout le mon-
» de, ou il y a beaucoup de gens qui en ont
» beaucoup plus qu'il ne leur en faut. Point de
» milieu. Ce doit être la faute du terrein ou cel-
» le de l'adminiſtration «. Ce ſpectacle le révoltoit d'autant plus, qu'il avoit appris à regarder tous les hommes comme ſes freres par

principe de Religion, & qu'il n'avoit point
vu à Londres les rues couvertes de mendians.
Son cœur s'attendrit tellement fur tous ces
malheureux, qu'il fit de lui-même une démarche qui nous donna la comédie.

M. le Marquis de M..., grand courti-
fan, homme d'une politeffe achevée, s'étoit
pris d'une belle paffion pour nous. Il avoit
connu Rofwick en Angleterre, qui l'avoit
très-bien reçu ; nous avions été camarades
d'Académie & fort liés : d'ailleurs notre Sauvage l'amufoit beaucoup : il nous avoit chez
lui le plus qu'il pouvoit. Un jour que nous y
dînions, Richard le tira à part, & lui dit tout
bas : » J'ai befoin de mille écus, donnez-
» les moi «. La propofition ne fut pas du
goût du Marquis, qui lui répond't qu'il voudroit les avoir pour les lui donner, mais qu'il
n'étoit pas en argent. Richard eut beau fe retrancher à une fomme très-modique, il fut
conftamment refufé. Il ne dit mot jufqu'à ce
qu'il eût vu, l'après-dînée, le Marquis tirer
de fa poche environ 100 louis pour donner un
Pharaon : alors il fe mit en colere, & lui dit
toutes les injures qu'il favoit dans les deux
Langues. Nous eûmes toutes les peines du
monde à lui impofer filence. La raifon qu'il

nous en rendit, fut » qu'il avoit entendu le
» Marquis de M... nous faire à tous les trois
» mille offres de services, & nous protester
» que nous pouvions compter sur lui & dispo-
» ser de tout ce qui étoit en son pouvoir.
» D'après ce propos, ajouta-t'il, que j'ai cru
» sincere, je lui ai demandé de l'argent que
» j'aurois donné à nombre de malheureux qui
» en ont besoin ; il m'a refusé sous prétexte
» qu'il n'en avoit point, & j'ai vu au jeu
» qu'il en avoit beaucoup. Ainsi il s'est mon-
» tré fourbe & menteur. C'est un vilain, je
» ne veux plus le voir «.

Nous fûmes obligés de lui expliquer que
toutes ces protestations d'amitié n'étoient parmi nous que des usages de politesse, des expressions reçues dans la société des personnes
qui sont sur le bon ton ; qu'on se juroit que
l'on s'aimoit, sans qu'il en fût rien ; qu'on
se faisoit des offres de service qu'on n'avoit
point envie de réaliser ; en un mot que toutes
ces choses étoient de stile, comme de faire
une inclination à quelqu'un qu'on connoît à
peine, ou de dire à celui qu'on déteste, *je
suis votre serviteur*, sans pour cela qu'on ait
intention de le servir ou de lui obéïr véritablement : qu'au contraire, plus ces politesses &

ces proteſtations étoient vives , & moins il falloit y compter , parce qu'elles étoient employées à vous dédommager par avance du refus qu'on étoit réſolu de vous faire dans l'occaſion.

Richard au fond du cœur ne put ſe réſoudre à nous croire ; & deux jours après il fit
la même ſcène chez un gros Financier qui nous
avoit fait beaucoup de complimens dans le
même goût. Cette ſeconde expérience le per-
ſuada , & il commença à ouvrir les yeux ſur la
force des expreſſions de la Langue Françaiſe ,
dont il ignoroit encore le rafinement & la dé-
licateſſe. Bien nous en prit d'attribuer ces petits événemens au génie de notre Langue ,
plutôt qu'à nos mœurs ; car je croi qu'il nous
auroit tourmentés jour & nuit pour le ramener à Londres , où il n'avoit pas fait de pareilles épreuves.

Il y avoit déja trois mois que nous étions
à Paris , lorſque nous reçûmes la viſite d'un
Prélat que la curioſité conduiſit chez nous.
Nous en avions fait la connoiſſance chez un
de mes anciens confreres. Son cortege & ſon
équipage leſte frapperent les yeux de Richard.
Il fallut , le ſoir , lui expliquer quelle eſpéce
d'homme c'étoit. Il nous éclata de rire au

nés. Nous voulûmes en favoir le fujet. Il nous dit » qu'il étoit trop plaifant de voir dans « un char doré le Difciple d'un Dieu qui al- » loit à pied, & qu'il eût des gens pour le » fervir, pendant que fon Maître avoit lavé » les pieds de fes Difciples.

Le lendemain nous fûmes dîner chez Mon-feigneur. Il n'y avoit rien de fi comique que de voir l'étonnement de Richard qui exami-noit tout avec la derniere attention, fans dire un feul mot que pour demander ce qu'il vou-loit. Comme il y avoit des femmes qui étoient du dîner, on joüa l'après-midi. Monfeigneur tira fa bourfe ; Richard la faifit, la lui ar-racha, & courut à la porte de la rue, où ayant trouvé des pauvres, il leur diftribua l'argent, & rapporta la bourfe vuide en riant, & difant, *moi payer pauvres.* Les Do-meftiques qui n'avoient pas été affez prompts pour l'arrêter dans fon opération, l'avoient pourtant vu faire. Ils nous expliquerent ce qu'il vouloit dire par ces mots, *moi payer pauvres.* Monfeigneur qui vit le mal fans re-mede, fut forcé de prendre le parti d'en rire avec nous. Heureufement pour lui que cette diftribution d'argent fit répandre dans le pu-blic qu'il faifoit de groffes aumônes. Ce bruit

vint aux oreilles du Roi, qui, quinze jours
après cette avanture, lui donna une bonne
Abbaye. En vérité il auroit bien du en partager le produit avec celui qui la lui avoit
procurée, quoique fans le vouloir.

Cependant, quand nous fûmes de retour,
nous voulûmes faire une petite remontrance
à notre Sauvage. Il n'y eut pas moyen de lui
faire entendre raifon. Il s'échauffa même, &
nous répondit en colere : » Son Maître jeû-
» noit, fe mortifioit, & lui fait bonne chere.
» Son Maître aimoit les pauvres; il doit donc
» les aimer auffi. Puifqu'il prêche l'humilité,
» pourquoi cette pompe qui annonce tant de
» vanité ? Puifqu'il prêche la charité, pour-
» quoi dépenfer fon argent à la table & au
» jeu ? Puifqu'il loüe tant la pauvreté, pour-
» quoi joüit-il de tant de biens ? Il me pa-
» roît, à moi, que fi les richeffes qu'il pof-
» fede lui appartiennent, il ne peut pas fe
» dire Difciple d'un Maître qui fe faifoit gloi-
» re de n'avoir rien à lui, & qui en a fait
» une loi : fi au contraire elles appartiennent
» aux pauvres. & qu'il n'en foit que le dé-
» pofitaire, il les vole en faifant tant de dé-
» penfes fuperflues; dans ce cas j'ai bien fait
» de leur diftribuer fon argent «.

Nous ne pûmes pas tirer autre chofe de
cette tête Vayſerdane ; & ſon raiſonement ne
laiſſoit pas que de nous embarraſſer, n'ayant
aucune teinture de la Théologie, & par conſéquent ignorant pleinement les diſtinctions
qui ſervent de réponſes à ces mauvais argu-
mens. L'habitude où Richard étoit de meſurer
l'action ſur le précepte, la ſimplicité de la loi
de ſon pays, & ſa conformité avec la morale
du Chriſtianiſme, l'avoient porté ſans peine à
embraſſer une Religion, dans laquelle il n'a-
voit rien vu qui ne fût marqué au coin de
cette juſtice naturelle ſous l'empire de laquelle il avoit accoutumé de vivre dès ſon
enfance. Nous craignions qu'il ne s'imaginât
que nous lui en euſſions impoſé ; qu'on eût
voulu l'aſſujettir à une loi que nous ne prati-
quions pas nous-mêmes, & lui faire croire
des vérités auſquelles nous n'ajoutions aucune foi.

Pour balancer ces mauvaiſes impreſſions,
je conduiſis Richard aux Chartreux. Il fut
édifié de ce qu'il y vit. La retraite & la ſoli-
tude de ces bons Religieux ; la piété avec laquelle ils faiſoient leur Office, lui donnerent une haute idéee de leur vertu. Il en remarqua pluſieurs qui travailloient, les uns à

la terre, les autres à de petits ouvrages dans
leur cellules : il auroit volontiers resté parmi eux.

Le Pere Charles qui nous conduisoit par-
tout, lui rendit raison des choses qui le frap-
poient : il lui dit que leur institution étoit
d'être consacrés au culte du *Seigneur* d'une
façon particuliere ; qu'ils faisoient vœu de
renoncer aux honneurs, aux biens, aux plaisirs du monde, pour vivre dans la pauvreté,
l'humilité, l'obéïssance, la retraite & la mor-
tification ; qu'en un mot ils avoient quitté
tout, pour n'être absolument occupés que de
Dieu. Il lui expliqua encore combien cette
solitude dans laquelle il les voyoit, & leur
façon de vivre, etoient conformes aux mœurs
que les premiers Moines avoient dans leur
origine ; que ces saints personnages se retiroient dans des déserts, où ils vivoient, partie du travail de leurs mains, partie des charités des Chrétiens ; qu'ainsi dégagés de toute
affaire du siécle, ils passoient les jours & les
nuits dans la priere, & goûtoient d'avance les
douceurs de cette béatitude céleste pour laquelle ils avoient tout sacrifié.

Le Pere Charles nous fit un tableau si tou-
chant, si pathétique, que Richard ne put

s'empêcher de répandre des larmes. Il embrassa ce bon Pere ; & le tint long-tems serré dans ses bras. Nous fûmes ravis de voir le bon effet que cela faisoit sur lui.

Un hasard fort heureux me servit encore dans le dessein que j'avois formé de faire voir à mon Sauvage des exemples de vertu ; ou plutôt la Providence divine, qui veilloit sur la foi de Richard, lui procura un sujet d'édification, qui dans son genre valoit bien celui des Chartreux. *O Altitudo !* Si la profondeur de ses décrets a de quoi nous humilier, les moyens qu'elle employe pour les exécuter, font souvent bien dignes de notre admiration, par leur simplicité.

Richard eut besoin de souliers. Notre hôte nous procura un Frere Cordonnier. Il arrive & est introduit chez sa nouvelle pratique. Le Domestique qui le fit entrer, sortit sur le champ pour quelques affaires. Richard voyant cet homme, vêtu de noir avec un rabat & un manteau, le prit pour un Prêtre ; & sachant déja les attentions qu'il falloit avoir pour faire asseoir ceux qui arrivent, il fit le mieux qu'il put sa petite cérémonie. Le Frere entendoit que mon homme lui demandoit quel siége convenoit le mieux pour son opération,

tion, & lui répondit en conséquence. Richard de son côté ne concevoit pas les réponses qu'on lui faisoit. Enfin, après beaucoup de revérences, d'inclinations & de complimens en forme de *quiproquo*, il prit le
parti de se remettre sur sa chaise. Le Cordonnier à l'instant, un genou en terre, se mit
en devoir de lui prendre le pied; mais Richard, qui crut que c'étoit pour le baiser,
& par humilité, se jetta aussi-tôt à ses genoux, & en lui disant avec vivacité : *Frere*
Chrétien, pas souffre moi, bon pour visage. Il
le prit par le col., l'embrassa tendrement, &
le serra si fort que le pauvre homme, qui
souffroit & prenoit cela pour une mauvaise
plaisanterie, se mit à crier de toutes ses forces. Comme nous étions dans une chambre
voisine, nous l'entendîmes, & nous y courûmes assez promptement pour être témoins
de cette singuliere accolade. Dieu sait si nous
éclatâmes de rire. Richard dans son transport
nous proposa d'embrasser aussi le *Frere Chré-*
tien, de qui, par paranthèse, il avoit fait tomber la perruque & le rabat. Nous vinmes
pourtant à bout de nous contenir & d'éclaircir ce mistere. La mesure du pied fut prise ;
& le Frere Cordonnier, qui comprit bien

qu'il avoit été pris pour un Prêtre , se dé-
dommagea, en riant à son tour, de la mé-
prise & du mouvement de Richard.

Comme l'habillement de cet Artisan avoit
donné lieu à cette scène , Richard ne fut pas
content qu'on ne lui eût expliqué d'où ce
même habillement provenoit. Peu instruits
de ces particularités , nous priâmes un vieil
Ecclésiastique , qui demeuroit dans notre hôtel , de vouloir bien nous éclaircir. Par son
secours Richard apprit que vers l'an 1645 , il
s'étoit formé une Communauté Laïque de
Cordonniers ; qu'ils vivoient dans le célibat,
qu'ils n'étoient liés par aucuns vœux que par
ceux qu'ils avoient faits au Baptême , qu'ils
les regardoient comme suffisans pour atteindre
à la perfection du Christianisme , par la raison
que cela les obligeoit à la pratique des Préceptes Evangéliques, à la perfection desquels
ils ne croyoient pas que l'homme pût ajouter
quelque chose ; que ces mêmes Préceptes
étoient leur regle , & qu'ils n'en avoient pas
d'autre. Aussi , ajouta l'Ecclésiastique , ils se
regardent comme freres, eux & tous les autres hommes. Ils aiment tellement leur prochain comme eux-mêmes , qu'ils se sont fait
deux principes inviolables : Le premier

de n'être à charge à personne , ce qui est
conforme à l'Écriture ; le second, de ne
retirer des ouvrages qu'ils font que ce
qui est nécessaire à leur vie & à leur profession : le surplus est employé en charités, &
distribué à ceux qui en ont besoin. Richard fut
si touché de ce qu'il entendoit , que dans son
premier mouvement il nous demanda *si c'étoit
dans cette Communauté qu'on choisissoit les Evêques*. Nous lui fîmes sentir que la science dont
ces sortes de gens étoient dépourvus, devoit
faire un des premiers appanages de l'Episco-
pat. *Mais du moins ,* nous repliqua-t'il , *on
devroit les faire œconômes des revenus des Evê-
chés.* A ce propos il est aisé de reconnoître un
Sauvage.

Quatre jours après , Frere Perrin (c'est le
Cordonnier) apporta les souliers de Richard.
Celui-ci l'embrassa , comme l'ami le plus
cher qui auroit été absent depuis long-tems.
Il se fit confirmer tout ce que l'Ecclésiastique lui avoit raconté. Enfin, pour le satisfaire , il fallut lui permettre d'aller dîner dans
la Communauté de ses chers Wayferdans, car
c'est le nom qu'il donnoit à ces Cordonniers ;
il y retourna même plusieurs fois ; & c'é-
toit toujours avec une satisfaction nouvelle.

L ij

qu'il les voyoit, & qu'il les embraſſoit tous.
Son amour pour eux, car c'étoit à ce point-
là, ſon amour, dis-je, le tranſportoit de façon, qu'il étoit tenté de s'imaginer que c'é-
toit quelque *Wayſerdan* qui avoit fait cette
inſtitution. Il eut même envie de reſter parmi
eux pour toujours ; mais Roſwick le détourna
de ce projet, en lui en propoſant un plus
beau, qui fut d'établir luï-même une Communauté ſemblable dans quelque autre lieu.
Cette idée lui plut, & elle ne lui a point ſorti
de la tête qu'elle n'ait eue ſon exécution,
comme je le dirai dans le Chapitre ſuivant.

La curioſité qui avoit porté Richard à ſor-
tir de ſon Iſle, lui faiſoit deſirer de voir
tout ce qu'il y avoit d'intéreſſant à Paris &
aux environs. On nous propoſa la partie de
nous mener à S. Denis. Je l'acceptai d'autant
plus volontiers que cela parut faire plaiſir à
Roſwick qui n'y avoit jamais été. M. Du-
bois qui avoit un frere Religieux dans cette
Maiſon, nous y procura une réception très-
avantageuſe. On nous fit voir le Tréſor, les
Jardins, les Tombeaux, toute la Maiſon,
après quoi on nous régala magnifiquement.
Richard admira la richeſſe de ce Tréſor, la
ſomptuoſité des-Bâtimens, l'ordre & l'œco-

nomie des Jardins. Il attira une grande quantité de Religieux, & il les paſſoit tous en re-
vue avec la derniere attention. Nous ne pûmes jamais arracher de notre homme les réflexions qu'il faiſoit ſur les objets qui le frap-
poient. Il nous demanda le ſoir quelle eſpéce
de gens nous avions trouvés dans cette maiſon. Je lui dis que c'étoit des Moines. Il
voulut ſavoir quels revenus ils avoient pour
entretenir leur table & leurs bâtimens. Je ſa-
tisfis à toutes ſes queſtions ; mais je n'en fûs
pas plus avancé, jamais il ne daigna m'ouvrir ſon cœur.

Quelques jours après, il me preſſa de le
conduire dans d'autres maiſons ſemblables à
celle de S. Denis. J'eus beau lui dire qu'il n'y
en avoit point ; je fus contraint de céder à ſes
importunités. Nous fûmes à l'Abbaye, aux
Grands Jeſuites de la rue S. Antoine, & à
quelques autres Couvents. Richard examina
tout, comme il avoit fait la premiere fois, &
de retour à la maiſon, il me fit les mêmes
queſtions.

Les éclairciſſemens que je lui donnai, lui
firent faire des grimaces Wayſerdanes, qui
nous firent beaucoup rire. Il ſe rappelloit ce
que le Pere Charles Chartreux lui avoit dit

fur la vie & les mœurs des anciens Moines ; il
en faifoit la comparaifon avec ceux qu'il étoit
allé voir. On fent bien tous les propos que
peut tenir un homme , qui n'étant point encore familiarifé avec nos ufages , ne confi.lere
dans les chofes que les deux extrêmités , le
commencement & la fin , & en rapprochant
les deux bouts , fi je peux parler ainfi , fait
une comparaifon & des réflexions qui fe reffentent d'un bon fens qui n'eft point encore
apprivoifé.

Je calmai pourtant fon efprit cauftique , en
lui obfervant que, quoique les Moines fuffent dans leur origine , fans bien ; quoiqu'ils
ne vécuffent que des charités & du travail de
leurs mains , il n'en devoit pas co⁻ ⸍⸌re que
l'état de ceux qui exiftoient maintenant ne
fût un état faint & digne de fa vénération :
que chacun d'eux dans fon particulier , n'a
rien en propre , ne joüit de rien , & que tout
eft à la Communauté. » Mais , me difoit-il,
» c'eft donc une nouvelle inftitution qui ne
» reffemble point à l'ancienne ; laquelle inf-
» titution permet à une Communauté de pau-
» vres , d'être une Communauté fort riche.
» Que m'importe , à moi , d'avoir de l'ar-
» gent , quand on me fournit abondamment

» tout ce dont j'ai befoin, & qu'on y eſt obli-
» gé. Dès qu'on paye pour moi, n'eſt-ce
» pas comme ſi on me le donnoit à moi-mê-
» me pour payer? C'eſt même encore plus
» avantageux; car c'eſt une peine de moins.
» Quelle eſt donc l'utilité de ce Moine? Il ne
» travaille point, il n'a point d'affaires do-
» meſtiques «. Je lui répondis qu'ils ne s'occupoient que de la priere, & de la Religion
qu'ils cherchoient à approfondir, afin d'en
inſtruire les autres. » Votre Religion, me
» repliqua-t'il, eſt donc, comme vos Loix,
» quelque choſe de bien compliqué, puiſ-
» qu'il faut tant de milliers d'hommes pour
» l'éclaircir & la faire comprendre. Elle me
» paroît ſi ſimple à moi; comment cela ſe
» peut il? Apparemment que vous m'avez
» mal inſtruit; en tout cas gardez-vous bien
» de m'en apprendre davantage. Je veux, ain-
» ſi que mon cher Wayſerdan, mon cher
» frere Perrin, aimer Dieu de tout mon
» cœur, & mon prochain comme moi-même:
» c'étoit auſſi la loi de mon pays, quoiqu'elle
» ne fût pas conçue dans les mêmes termes.
» Je ne croi pas que tous ces gens-là m'en-
» feignent jamais quelque choſe de mieux;
» c'eſt à ces deux points que je veux m'en

» tenir toute ma vie. Frere Perrin n'en fait
» pas davantage , & c'eft un faint homme.
» Non, je ne trouve point mauvais, conti-
» nua-t'il, que vingt ou vingt-cinq perfon-
» nes, réunies en corps pour y vivre en paix,
» ayent quatre-vingt ou cent mille livres de
» rente. Ce que je trouve feulement de fin-
» gulier, c'eft que ceux qui font affociés à
» en jouir, acquerent cette fortune en faifant
» vœu de pauvreté, & qu'on vante tant un
» pareil facrifice. Quant à moi, je trouve
» qu'il n'eft point difficile de s'engager toute
» fa vie à refter dans un état où on ne man-
» quera de rien, & où on n'aura rien à faire.
» Au contraire je ne fuis plus furpris de ce
» qu'il y en a un fi grand nombre parmi
» vous «.

Nous paſsâmes encore quinze jours à Paris , fans que Richard nous fournît rien digne
d'être raconté. Nous voyions toujours grand
monde, & de tems en tems nous nous trouvions à table avec quelques Religieux , tantôt d'un ordre, tantôt d'un autre, au grand
étonnement de Richard, toujours fort furpris de voir qu'on ne renonçoit pas à des gens
qui avoient fait publiquement ferment de renoncer à nous. Il vint même un jour un gros

Moine, Procureur de fa Communauté, pour
folliciter un Confeiller chez qui nous dînions,
& qui étoit le Rapporteur d'un Procès que
cette Communauté avoit. Nous crûmes que
Richard le battroit. On me permettra bien
de rapporter fes termes, fans les rédiger dans
un ftile plus régulier. Voici donc les demandes & les réponfes : *» Monfieur, qui toi être ?*
» Pere Procureur des . . . . . *Quoi faire profef-*
» fion ? Nous fommes Religieux Mendians.
» Faire ferment d'avoir que pauvreté, & d'ê-
» tre mendians pour mendier le pain ? Oui,
» Monfieur. *Toi donc poſſéder pas rien, n'a-*
» voir pas biens ? Non, Monfieur, il ne nous
» eft pas même permis d'en avoir. *Mais toi*
» tu aller en Palais, & venir au Juge pour
» juftice, pourquoi ? Nous avons un procès
» pour la propriété d'un fond qu'on nous dif-
» pute à Paris, & fur lequel nous avons com-
» mencé à faire bâtir une fort belle maifon.
» Si c'étoit un objet modique, nous ne plai-
« drions pas, mais il s'agit de plus de cent-
» dix mille francs. Vous fentez bien que ce
» feroit une groffe perte pour de pauvres
» Religieux comme nous. *Comment, toi jurer*
» poſſéder rien, & toi avoir fond de cent mille
» francs ? Ce fond n'eft point à moi, il eft à

L v

» la Communauté, nous n'avons que la joüif-
» fance du revenu, pour nous aider à fubfif-
» ter. *Mais cette revenue à qui appartenir?*
» A la Communauté ; c'eft-à-dire à aucun
» en particulier, mais à tous les Religieux
» qui la compofent. *Religieux pas donc être*
» *pauvres, car être le pauvre, ce être ne joüir*
» *de rien: Eux ont richeffes communes, dont*
» *eux joüir communalement ; eux donc être*
» *riches, puifqu'eux joüir de richeffes. Ainfi, ou*
» *eux violer le ferment, ou eux n'avoir pas fait*
» *le ferment comme tu dire à nous. Tiens, écou-*
» *ter-moi : toi quereller en Palais, pour avoir*
» *biens que tu juré pas poffeder ; toi étudier &*
» *enfeigner la Loi, & toi pas pratiquer la Loi,*
» *car Dieu ordonner de donner l'habit à qui*
» *vouloir le manteau ; & toi faire querelle de*
» *Juftice, pour pas donner rien. Vois comme*
» *toi difcorder avec toi. Ton Maitre n'aller ja-*
» *mais au Juge, parce que lui n'avoir rien à*
» *lui, & lui donner tout. Pourquoi pas faire*
» *comme ton Maitre, puifque tu l'avoir juré ?*
» *Vilain qui tenir pas ferment : Frere Perrin le*
» *faixe, lui qui avoir point juré «.* A ces mots
nous interrompîmes notre homme qui s'é-
chauffoit ; & un moment après, le Pere Procureur faifant femblant de rire, prit congé de
la Compagnie.

Richard, comme on voit, s'imaginoit que
fon Frere Perrin étoit un perfonnage trop
important pour n'être pas connu de tout Paris. Le Confeiller chez qui nous étions, &
qui rit beaucoup de cette comédie, prit plaifir à agacer le Wayferdan. Celui-ci ne fe fit
point trop prier. Il y avoit été, comme l'on
dit, bon jeu, bon argent. Ses raifonnemens
finguliers, fon gros bon fens, fon Frere *Per-*
rin qu'il mettoit à toute fauce, le tout enfemble, en un mot, nous divertit infiniment. Le
plaifant de cela, c'eft que raifonnant d'après
ces connoiffances trop bornées, il entreprit
très férieufement le procès de ceux qui font
des vœux. » Si les vœux, difoit-il, ajoutent
» aux Préceptes, il faut avoir bien de l'amour
» propre, pour s'engager à faire plus que
» Dieu n'exige de nous. Si au contraire ils
» n'y ajoutent rien, pourquoi les faire ? Je
» croi, moi; qu'il en eft d'un vœu qu'on
» fait, comme d'une Charge qu'on achette;
» ni l'un ni l'autre ne donne un nouveau ta-
» lent pour l'exécution; ils ne fervent feule-
» ment qu'à mettre dans un plus grand jour
» votre infuffifance, & à la rendre cri-
» minelle ». Faux raifonnement, qu'il faut

pardonner à l'esprit de Richard, en faveur de la bonté de son cœur.

Malgré tous les plaisirs qu'on cherchoit à procurer à Richard, il lui prit une mélancolie si profonde, qu'il ne nous parloit plus que pour nous demander quand nous retournerions à Londres. Comme il commençoit à entendre le Français assez bien, du moins beaucoup mieux qu'il ne le parloit, & que ses idées ne laissoient pas que de se développer, nous le menâmes à la Comédie Françaife. Le total du spectacle lui plut beaucoup. Il n'avoit ni assez d'yeux, ni assez d'oreilles. Je ne me ressouviens pas quelle piéce on y représentoit. Le lendemain le Curé de Saint Paul vint nous voir. Richard lui parla du Spectacle, & l'engagea à être de la premiere partie qu'on feroit. Le Curé de S. Paul lui sourit, & après lui avoir fait comprendre que la bienséance ne permettoit pas cette démarche à un Curé, il lui dit en badinant que c'étoit un grand mal de fréquenter le Spectacle, que c'étoit payer des gens pour les faire vivre dans le crime.

Quoique la chose fût dite en plaisantant, Richard voulut être éclairci, & il fallut ab-

folument que le Curé lui expliquât que ces Comédiens étoient excommuniés. Notre Sauvage ne favoit s'il devoit rire ou fe fâcher; il nous regardoit tous avec un étonnement qui nous annonçoit qu'il y avoit en cela quelque chofe qui le choquoit. En effet, il prit la parole, & nous dit : » qu'il étoit bien fin-
» gulier que dans un Etat Chrétien on per-
» mît une profeffion publique qui fait dam-
» ner ceux qui la fuivent; & que des Princes
» priffent plaifir à voir faire des actions qui
» envoient en Enfer ceux qui les font. Si
» vous croyez, ajouta-t'il, que cette profef-
» fion foit abominable aux yeux de votre
» Dieu, pourquoi fouffrez-vous qu'on l'exer-
» ce publiquement, vous qui puniffez fi fé-
» vérement ceux qui agiffent contre les or-
» dres de votre Roi? Vous devez pourtant
» avoir moins de déférence pour fes volontés,
» que pour celles de votre Dieu. Si au con-
» traire vous croyez que cette profeffion ne
» foit pas criminelle, pourquoi excommunier
» ces pauvres gens, qui n'ont d'autre objet
» que celui de gagner leur vie en vous di-
» vertiffant, & vous rappellant vos devoirs?
» Je ne vois point en cela de milieu : ou ne
» dites pas qu'ils font excommuniés, ou con-

» venez que la loi de Dieu ne tient parmi
» vous que le fecond rang «.

La mauvaife humeur de Richard augmentoit
tous les jours. Dans la crainte qu'il ne tom-
bât malade , nous fongeâmes à retourner à
Londres. Avant de partir, nous lui fîmes beaucoup de queftions; mais nous n'en pûmes
rien tirer , que lorfqu'il vit nos paquets faits ›
& notre départ fixé au lendemain. Alors il
débonda , qu'on me permette l'expreffion, &
voici à peu près les raifons qu'il nous rendit de fon ennui , & de l'envie qu'il avoit de
s'en retourner.

» Je veux m'en aller , parce que je m'en-
» nuie , & je m'ennuie , parce que *je ne vois*
» *ici que des folies vieilles , ou des folies neuves.*
» Je veux dire que vous êtes tous des fous ,
» & que vous l'êtes depuis long-tems. Vous
» avez acquis une multitude de connoiffan-
» ces pour lefquelles l'homme ne fembloit
» point être fait ; vous avez tellement étu-
» dié les Aftres, que vous prévoyez & pré-
» dites de loin quel fera leur mouvement ,
» & ce qui en réfultera. Mais vous étudiez
» fi peu les hommes, que vous les prenez
» fans choix , fans diftinction , & fans favoir
» jamais s'ils s'acquitteront bien ou mal des

» opérations que vous leur confiez. Vous sa-
» vez diriger la courfe d'un Vaiſſeau juſques
» dans un autre monde dont vous n'avez que
» faire, & vous ne favez pas vous conduire
» dans le vôtre de façon à vous procurer la
» paix dont vous avez beſoin. Vous regardez
» le mariage comme une union indiſſoluble
» & ſainte, & vous vous mariez ſans aucune
» des précautions néceſſaires pour connoître
» ſi les perſonnes que vous uniſſez pour tou-
» jours, pourront s'accorder un moment. Si
» le divorce étoit permis chez vous, comme
» chez nous, je n'aurois rien à dire ; mais
» on ne peut pas changer de femme ici com-
» me de logis ; cependant, quand vous en
» loüez ou achetez un, non-ſeulement vous
» vous informez du prix, mais vous en exa-
» minez la diſtribution & la bonté ; & en
» prenant une femme dont vous ne pouvez
» plus vous défaire, vous ne conſidérez que
» ſon bien. Cela eſt inconcevable.

    » Vous annoncez que vous ſervez un Dieu
» qui a fait la Terre & les Cieux ; qu'on
» doit l'aimer plus que toutes choſes, le ſer-
» vir & lui obéïr par préférence à tous :
» vous jurez même publiquement de diriger
» vos œuvres ſur votre foi ; vous faites tout

» le contraire. Vous êtes refpectueufement
» & le plus fouvent que vous pouvez, dans le
» Palais de votre Roi, & vous êtes dans vos
» Eglifes avec la derniere irrévérence ; en-
» core eft - ce le moins fréquemment qu'il
» vous eft poffible, comme fi vous ne croyiez
» pas. Vous avez parmi vous des Communau-
» tés de gens qui font établis pour vivre en
» pauvreté, & vous leur avez fait oublier
» l'efprit de leur inftitution, en les comblant
» de biens. Ces mêmes perfonnes font pro-
» feffion de renoncer au monde, & on en
» trouve dans toutes les maifons. Ils font
» ferment de tout quitter pour Dieu, d'être
» l'exemple de ceux qui fuivent fa Loi, & ils
» ont des terres, des maifons, des procès
» comme d'autres hommes. Vous dites que
» vous croyez que tous les hommes font vos
» freres, & vous en laiffez un grand nombre
» mourir de faim, pendant que vous avez
» cent fois votre néceffaire.

» Votre Dieu, & les Difciples qu'il a
» faits, fe faifoient un principe & une gloi-
» re d'être pauvres, & ceux qui leur ont
» fuccédé, poffedent de grandes richeffes.
» Ceux-là jeûnoient, travailloient, alloient
» à pied ; ceux-ci, bien logés, bien cou-

» chés, font bonne chere, ne travaillent
» point, & vont en caroffe. Ceux-là s'em-
» preffoient de fervir leurs freres, les autres
» Chrétiens; ceux-ci ont d'autres Chrétiens
» qui les fervent; d'une Religion belle &
» fimple, vous en avez fait quelque chofe
» de fi compliqué, que perfonne n'eft d'ac-
» cord fur les objets. Vos Loix font dans le
» même goût; on diroit qu'elles font plutôt
» faites pour réparer lentement les injuftices
» que pour les prévenir. Ces gens qui fa-
» vent tout, ne favent pas fe rendre juftice
» eux-mêmes; vous êtes obligés de recourir
» à d'autres perfonnes, qui ne s'accordent
» gueres plus que vos Cafuiftes. En cela mê-.
» me rien de furprenant; car quoique vous
» croyiez que ce n'eft pas trop de la vie d'un
» homme pour approfondir le labirinthe de
» vos Loix, vous vendez à de jeunes gens qui
» ne favent rien le droit de vous juger : leur
» argent tient lieu d'étude, d'expérience &
» de capacité. Dans la partie indifférente de
» vos mœurs, vous êtes également fous. Tout
» ce que vous faites s'écarte abfolument du
» but que vous vous propofez, ou du moins
» vous l'accompagnez de tant de circonftan-
» ces, que vous trouvez la gêne & le tour-

» ment dans tout ce que vous inventez pour
» vous rendre heureux : par exemple, pour-
» quoi porter en été une groſſe perruque qui
» vous étouffe ? Pourquoi vous impoſer l'o-
» bligation de porter deux habits, quand vous
» en avez trop d'un ? Pourquoi les femmes
» ſe chauſſent elles de façon que le ſoulier,
» fait pour les aider à marcher, les en em-
» pêche ? Pourquoi s'habillent-elles de telle
» maniere qu'elles ſont gelées quand il fait
» froid, tandis qu'elles ne ſe propoſent que
» de ſe procurer de la chaleur ? Pourquoi
» vingt aunes d'étoffes autour d'elles, dont
» l'étalage ne ſert qu'à les incommoder, auſſi-
» bien que les autres ? Vous avez un cha-
» peau, & au lieu de le mettre ſur votre tête,
» vous vous faites une loi de le porter ſous
» le bras ; j'aimerois mieux n'en point avoir,
» ce ſeroit un meuble & un embarras de
» moins. Tout le monde de chez vous ſe
» traitte d'amis, & perſonne ne s'aime, quoi-
» que votre Loi vous preſcrive l'amour de
» votre prochain, comme un devoir indiſ-
» penſable. Chacun vous fait des offres de
» ſervice, & il ne faut point y compter. On
» vous fait des complimens, des politeſſes,
» & loin de les croire, il faut s'imaginer

» qu'on vous déchirera quand vous n'y ferez
» pas.

» Vous craignez souvent de manquer aux
» hommes; & vous ne craignez jamais de
» manquer à Dieu. L'honneur vous rend ef-
» claves des engagemens particuliers, & vous
» vous faites un jeu de rompre les engage-
» mens publics.

» Vous condamnez les femmes qui ont
» une mauvaise conduite, & vous travaillez
» jour & nuit pour les séduire. En un mot,
» vous faites tout le contraire de ce que
» vous devriez faire; & vous êtes diamétra-
» lement opposés à ce que vous dites qu'on
» doit être. En vérité je m'estime fort heureux
» d'avoir été plutôt instruit par votre théorie
» que par votre pratique; car je crois que
» celle ci est aussi mauvaise, que celle là est
» réguliere. Convenez donc de toutes vos fo-
» lies, de tous vos ridicules, & que j'ai rai-
» fon de vouloir m'en retourner.

Le lendemain nous partîmes de Paris, après
que Richard eût fait les adieux les plus tendres à son cher Erere Perrin & à tous ses
confreres. Le cinquiéme jour nous nous em-
barquâmes à Dunkerque, & six jours après
nous arrivâmes chez notre ami Karphirell,

qui étoit fort impatient de nous revoir. Richard l'embraffa de tout fon cœur, & pour
tout compliment lui dit : *Moi aime toi mieux
que Français.* Poürquoi, répondit Karphi-
rel : *Parce que*, reprit Richard, *toi aime
ton Dieu & tes freres.*

Nous retrouvâmes nos Sottards en bonne
fanté ; les deux fémelles avoient mis bas ;
mais les deux petits étoient morts. Comme
ce dernier accident a été plufieurs fois réï-
téré, j'ai penfé que l'air de l'Angleterre ne
leur eft pas fi bon que celui de France, où on
les éleve avec facilité.

CHAPITRE X.

Suite de l'avanture du Frere Perrin Cor-
donnier. Etablissement d'une nou-
velle Société.

JE crois que si d'un côté il est naturel de
rapporter les événemens dans l'ordre de
leur succession, d'un autre côté aussi il est
fort permis de les transposer un peu pour les
rapprocher de la cause qui les a produits,
lorsqu'ils ne sont point nécessairement en-
chaînés dans une suite d'opérations dont ils ne
peuvent être détachés. On me permettra donc
de placer ici le résultat des impressions que
le Frere Perrin avoit faites sur Richard, quoique le trait dont je vais parler soit postérieur
de plus d'un an.

Richard n'avoit renoncé à l'envie d'être
Frere Cordonnier, qu'en faveur de l'idée d'é-
tablir lui-même une Confrairie semblable en
quelqu'autre lieu. Il ne perdoit point de vue
ce projet. Il imagina successivement trente
sistêmes différens qu'il réformoit ou chan-

geoit mesure que ses connoissances de nos
mœurs se perfectionnoient, & permettoient
à son génie de prendre un vol un peu plus élevé. Après avoir projetté d'apprendre un mé-
tier, dans la résolution d'exécuter son dessein, il tourmenta si fort le pauvre Roswick,
que celui-ci ne put pas s'en défendre plus
long-tems : il fut obligé, pour avoir la paix,
de l'aider de ses lumieres. Mais il arriva que,
sans le voûloir, il prit tellement goût à l'ouvrage, que ce qui n'avoit paru d'abord qu'un
amusement, devint un objet sérieux, auquel
ils me forcerent à mon tour de prendre part.
Voici donc ce que nous arrangeâmes de
concert.

ETABLISSEMENT D'UNE SOCIÉTÉ,
formée pour rendre les hommes plus parfaits & plus heureux.

L 'Homme a été créé pour vivre en société ;
& cette société ne peut subsister sans des regles qui déterminent les devoirs respectifs des
membres qui la composent.

Le choix de ces règles ne peut point être
arbitraire. En voici la preuve.

Dès que l'institution de la société des hom-

mes eſt une des vues de leur Créateur, les
regles qui doivent la régir & la faire ſubſiſter, ont du faire partie de ces mêmes vues;
ainſi que la façon dont les animaux doivent
ſe nourrir & ſe perpétuer, a fait partie de
l'œuvre de la création. Sans cela le plan de
cette inſtitution ſeroit un plan imparfait; &
c'eſt ce qu'on ne doit ni ne peut ſuppoſer.

Quelles que ſoient les regles de la ſociété
des hommes, dès qu'elles font partie des
vues de leur Créateur, il a du s'en propoſer
l'exécution, & dans ce deſſein eſt entré néceſſairement l'action préalable de faire connoître ces regles à ceux qui doivent les pratiquer.

Ces premieres réflexions adaptées à l'idée
que nous devons avoir de l'Inſtituteur de ces
mêmes regles, il en réſulte que non-ſeulement elles doivent être connues, mais encore que ſa puiſſance infinie n'ayant pu être
gênée en rien, ſa ſageſſe & ſa bonté ont choi-
ſi les plus ſages, les plus avantageuſes, les
plus parfaites : ainſi toutes celles que nous
ferons doivent leur être relatives, & de nature à remplir l'objet de ces regles primitives
dont elles ſeront dérivées.

Nous ne pouvons donc pas nous propoſer

d'établir arbitrairement les regles qui nous plairont le plus, mais nous devons chercher celles que Dieu a dictées lui même, & nous y conformer. Voici maintenant les moyens de les reconnoître.

Quoique tous les hommes ne foient pas doüés d'une même faculté intellectuelle, il n'en eft pas moins vrai qu'ils n'avoient, avant de naître, aucun mérite perfonnel, & qu'ils naiffent tous égaux aux yeux de celui qui les a tirés du néant.

Tous les hommes naiffant égaux aux yeux de leur Créateur, on doit croire qu'il s'eft également propofé l'avantage de tous dans l'établiffement de fes regles : ainfi l'utilité particuliere & générale doit être leur premier caractere.

Pour que ces regles puiffent être utiles à tous, il faut que tous puiffent les concevoir ; & comme il eft parmi nous des intelligences très-bornées, le fecond caractere que ces regles doivent avoir, eft celui de la fimplicité : il faut qu'elles ne foient qu'une loi claire, fimple, conçue fans peine par les gens les plus groffiers ; fans quoi l'inintelligence de ces mêmes gens, occafionnant l'inexécution de la loi, feroit dans leur création un vice

qui

qui s'opposeroit au but de son Auteur.

Cette Loi, quelque simple qu'elle soit, doit prescrire une maniere d'agir, & interdire celle qui s'y trouve absolument contraire. Elle est donc faite pour s'opposer quelquefois à nos desirs, pour les porter vers un objet, & les détourner d'un autre. Dès-lors il est impossible qu'elle se fasse obéir, à moins que son troisiéme caractere ne soit l'évidence même de sa justice, & de la nécessité de se soumettre à son autorité. Chacun doit en être frappé, au point de ne pouvoir s'y refuser.

N'est-il pas vrai qu'il seroit absurde d'imaginer que les actions des hommes, ainsi que les rapports qu'ils ont entr'eux, se multipliant à l'infini, il fallût une infinité de Loix, afin qu'il y en eût une pour chaque action, pour chaque rapport? Un homme mourroit avant d'avoir commencé à vivre en société. Le plan de notre premier Légiflateur ne peut donc être régulier, qu'autant qu'il exclura l'ignorance nécessaire, & que le moment où nous entrons en société, soit aussi le moment où nous nous trouvions pleinement instruits de la façon dont nous devons nous y comporter.

De-là il résulte que cette Loi, déja simple,

déja d'une utilité & d'une justice évidente, doit encore avoir un quatriéme caractere : celui d'être dans sa simplicité, le principe & le germe de toutes les Loix, d'embrasser toutes les actions des hommes, tous les rapports qu'ils ont entr'eux, tous leurs devoirs respectifs, d'être en un mot universelle, &, pour ainsi dire, elle seule toutes les Loix ensemble.

Ne point faire aux autres ce que nous ne voudrions pas qui nous fût fait, est une Loi qui a les quatre caracteres distinctifs dont on vient de parler : d'utilité particuliere & générale, de simplicité, de justice évidente, d'universalité. De quelque façon qu'elle nous ait été enseignée, nous sommes forcés d'avoüer que les esprits les plus bornés la conçoivent sans nulle difficulté, que nos cœurs sont disposés à la recevoir sans résistance, comme le germe de notre félicité personnelle unie à la félicité générale, que son exposé seul est un coup de lumiere dont la clarté dissipe nos ténebres, dont la vivacité perce jusqu'au fond de nos ames, dont l'éclat semble être tempéré par une douceur qui, en ménageant notre foiblesse, lui permet de voir dans le jour le plus brillant la justice & la nécessité de cette

Loi. Dès que nous la connoiſſons, nous ſavons tout ce qu'il faut ſavoir pour entrer en ſociété. Il n'eſt pas une de nos actions qui ne ſoit irréprochable, tant que nous les aurons dirigées ſur ce principe : il eſt la juſtice même. Mortels, que n'êtes-vous tous juſtes ? Vous ſeriez tous heureux.

Puiſque nous ne pouvons plus méconnoître la Loi que Dieu a établie pour régir la ſociété des hommes, & qu'il n'eſt pas poſſible de ſe flatter de les corriger tous ; nous avons réſolu 1°. De nous ſéparer de la ſociété générale & corrompue. 2° D'en former une particuliere, non pour renoncer aux hommes, mais à leurs vices ; non pour inventer des regles nouvelles, mais pour développer celles qui réſultent néceſſairement de la Loi primitive que Dieu nous a lui-même enſeignée, & faire une profeſſion ouverte de nous y conformer.

ARTICLE PREMIER.

La préſente ſociété ſe nommera Philadelphie, & les Freres porteront le nom de Philadelphes, afin que leur nom même les rappelle ſans ceſſe à leur inſtitution.

M ij

I I.

Les Philadelphes n'auront qu'une feule &
unique Loi de morale : celle de *ne point faire
aux autres ce que nous ne voudrions pas qui
nous fût fait.* Cette Loi, qui nous prefcrit
non-feulement de ne point nuire aux autres
hommes, mais encore de leur faire tout le
bien qui dépend de nous, éleve néceffaire-
ment nos ames à Dieu, comme principe de
notre exiftence & de notre félicité, nous fait
un crime de l'ingratitude envers fes bontés in-
finies, nous oblige d'avoir pour elles une reconnoiffance qui leur foit proportionnée,
pour fa perfonne un amour égal à cette reconnoiffance, pour fes volontés une foumif-
fion mefurée fur ces deux fentimens. L'objet que les Philadelphes fe propoferont, fera
donc l'accompliffement de leurs devoirs comme hommes & comme Chrétiens.

I I I.

En développant les conféquences de cette
Loi, par rapport aux hommes confidérés
comme hommes, nous difons que les obli-

gations refpectives qu'elle leur impofe vis-
à-vis les uns des autres, font de deux fortes:
les unes abfolues & indifpenfables, les autres
conditionnelles, & comme telles, fujettes à
être tantôt modifiées, & tantôt anéanties. Voici celles de la premiere claffe.

I V.

Puifque tous les hommes naiffent pour vivre en fociété, ils naiffent auffi pour y contribuer ; & puifque nous naiffons tous égaux
aux yeux de Dieu, aucun de nous n'apporte
en naiffant un privilége qui, au préjudice des
autres hommes, le décharge de cette contribution. Que chacun regarde donc fon apti-
tude à faire quelque chofe que ce foit, comme un talent que Dieu lui a donné pour une
fin qu'on ne peut perdre de vüe fans fe rendre criminel, comme unè efpéce de fonds
chargé d'une forte de redevance envers la fociété ; par conféquent, qu'il confidere l'obligation d'y contribuer de tout ce qui eft en
nous & à nous comme un devoir indifpenfable & abfolu.

M iij

V.

Non-feulement la contribution à la Société est un devoir indifpenfable & abfolu, mais la façon dont chacun doit y contribuer, fait une partie effentielle de ce devoir; elle eft dans les deffeins de Dieu, qui a tout prévu & tout réglé par fa fageffe; & il faut qu'elle tende au bien général, pour être rélative à la regle qu'il a établie.

V I.

Dire que tout ce qui eft en nous ou à nous, doit contribuer à la Société des hommes, c'eft dire qu'il faut que nos perfonnes & nos biens entrent dans cette contribution : remplir dignement quelque fonction publique, fe livrer à la recherche des chofes & des connoiffances dont la Société peut tirer avantage, travailler à acquérir ce qui eft effentiel au commerce civil; font les feuls moyens de concourir perfonnellement au bien général. Sur quoi nous obfervons qu'il y a entr'eux cette différence : les deux premiers font infuffifans fans le troifiéme, & le troifiéme peut fuffire fans les deux premiers.

V I I.

En effet, tous les différens états d'une Société étant établis pour son avantage, & destinés à être remplis par ses membres dans les mêmes vues, il en résulte que nous ne sommes pas appellés à être uniquement Guerriers, uniquement Magistrats, &c. mais que nous naissons au contraire pour être homme de Société - Guerrier, homme de Société-Magistrat, homme de Société dans toute autre profession. Ainsi, dans quelque place que nous soyons, la premiere de nos qualités, celle qui nous imprime un caractere que rien ne peut ni effacer ni suppléer, c'est celle d'homme de Société ; & le plus indispensable de nos devoirs est d'acquérir ce qui est essentiel à son commerce civil.

V I I I.

L'essentiel du commerce civil de la Société ne consiste point, selon nous, dans toutes les vaines puérilités qui font les occupations sérieuses de la majeure partie des femmes, comme les bouteilles de savon font cel-

les des enfans ; nous réputons hermaphro-
dites les hommes qui s'y livrent, & nous
les excluons de notre Société, jufqu'à ce que
leur changement nous faffe croire que leur
fexe eft décidé ; mais nous appellons l'effentiel du commerce civil, cette douce habitude de faire du bien, ce penchant rapide qui
nous y entraîne, l'affemblage, en un mot, de
toutes les bonnes qualités du cœur, unies,
autant que cela fe peut, aux belles qualités
de l'efprit. Pourquoi font-ils fi rares, ces
hommes divins, que le bonheur des autres
rend heureux ? Qu'ils font précieux à la Société ! par la douceur de la paix qu'ils y pro-
curent, par la folidité des plaifirs qu'ils y
font naître, par le charme puiffant de leur
exemple, qui, en parlant à nos cœurs avec
autant d'aménité que de force, nous porte
fans ceffe à les imiter.

I X.

A l'égard des deux autres moyens de contribuer en perfonne à l'utilité de la Société,
non-feulement il eft démontré qu'ils ne peuvent pas fuffire fans celui-ci, qui eft d'une
obligation indifpenfable dans tous les hom-

mes ; mais il faut obferver encore à ce fujet que le choix entre ces deux moyens ne fera pas fait conformément aux vûes de Dieu qui fe propofe le bien général, fi nous faifons fervir nos talens à des ufages autres que ceux aufquels il femble les avoir deftinés ; car n'étant pas alors propres aux fonctions que nous rempliffons, le double défordre qui en réfulte, nous rend plus criminels que fi nous n'avions aucuns talens, ou que fi nous négligions de les faire valoir : en effet dans la place que nous ufurpons, nous faifons un mal, & nous empêchons de faire un bien ; dans celle que nous devrions occuper, nous manquons de faire un bien, & nous fommes fouvent caufe qu'on y fait un mal. Nous devons donc regarder comme un devoir indifpenfable pour nous de nous placer dans les états aufquels Dieu nous a appellés par la nature des talens qu'il nous a donnés.

X.

Non feulement tout ce qui eft en nous doit, comme on l'a fait voir ci-deffus, contribuer à la Société, mais encore tout ce qui eft à nous ; & nos biens, ainfi que nos perfonnes, doivent concourir à son utilité générale. Les devoirs qui résultent de cette forme de contribution, ne font pas tous indispensables & absolus ; ils sont au contraire susceptibles de modification. L'obligation de traiter les autres comme nous voudrions qu'ils nous traitassent, nous conduit à les aider de tous nos biens, à nous gêner même pour eux, parce que dans le cas de nécessité nous serions bien-aises qu'ils se gênassent pour nous. Mais cette obligation, prise dans toute son étendue, doit être regardée comme conditionnelle : elle suppose l'existence d'un traité tacite qui nous garantit la réciprocité. Dès que ce traité tacite est généralement anéanti par le défaut d'exécution, l'obligation tombe d'elle-même ; elle est une convention sinalagmatique, qu'il seroit injuste de vouloir faire exécuter par un seul : elle ne peut donc subsister que parmi des gens soumis à son autorité, & qui conviennent respectivement de ne pas s'en écarter. Aussi est-ce un des points qui distingueront les Philadelphes des autres hommes. Cependant, si nous ne poussons pas les choses au point de vouloir assujettir les biens des hommes en général à une espèce de communauté, que leur corruption ne peut

point admettre , nous eftimons qu'ils n'en
font pas moins obligés d'être fecourables,
avec le difcernement néceflaire , & les précautions que la prudence peut exiger.

X I.

L'efpéce de traité tacite de réciprocité ne
peut point fe fuppofer entre ceux qui font
faits pour donner , & ceux qui ne font faits
que pour recevoir. Il eft donc d'une obligation indifpenfable & abfolue de fecourir tous
ceux qui vivent dans la néceffité. Nous devons nous regarder en cette partie comme
les œconomes de nos biens. Nous pouvons
prélever notre néceflaire , celui de nos enfans, de notre famille , & même les fonds
que la prudence attentive à la défunion qui
regne parmi les hommes , veut que nous
mettions en réferve pour prévenir les malheurs & les accidens. Mais le refte eft un
fuperflu que nous fommes obligés de diftribuer à ceux qui font dans le befoin. Que les
Philadelphes fe gardent bien fur-tout de juger
de leur fuperflu par la dépenfe qu'exigent
fouvent les paffions que nous fervons honteu-
fement : cette préférence que nous leur don-

M vj

nons fur les befoins réels de nos freres, nous rend infracteurs d'un devoir indifpenfable, & comme tels ennemis de Dieu & de la Société. A Dieu ne plaife auffi que nous regardions d'un même œil tous les malheureux. c'eft encore pour cet objet que le difcernement eft néceffaire : il faut tâcher que le bien que nous voulons faire, ne ferve à nourrir ni la débauche ni l'oifiveté, qui elle feule eft un grand mal. Enfin n'oublions jamais que cette Loi unique que Dieu a donnée à la Société, eft une preuve qu'il s'eft propofé le bonheur du Particulier & du général ; & qu'ainfi il n'a pas fait pour un feul ce qui doit fervir à faire plufieurs heureux.

X I L

Toutes les obligations qu'on vient de développer, font celles des hommes confidérés feulement par rapport à la Société en général. Mais comme la Société univerfelle a été contrainte de fe divifer, & d'en former, pour ainfi dire, plufieurs dans une feule, il faut maintenant toucher les devoirs de l'homme placé dans la Société particuliere dont il eft membre. Chaque divifion ou chaque bran-

che de la Société univerfelle, en fe canton-
nant pour fe féparer des autres, femble avoir
auffi refferré dans les bornes de fon territoire les obligations dont on vient de parler. Il ne faut pas croire cependant qu'au-delà
des limites de ce même territoire, que nous
pouvons nommer *la Patrie*, il n'y ait aucun
devoir à remplir vis-à-vis de ceux qui lui font
étrangers. Nous devons penfer au contraire
que toutes ces divifions ne font pas différentes de celles qui fe font tous les jours dans les
familles, & en conféquence regarder nos
compatriotes comme des freres, & les étrangers comme des parens. Cette diftinction
tirée de la nature même de la chofe, fuffit
pour nous éclairer fur la façon dont nous
devons en agir, tant à l'égard des uns qu'à
l'égard des autres.

X I I L

Ce que nous nommons la Patrie, com-
prend non-feulement le territoire d'une Société particuliere, mais encore ceux qui compofent cette Société. Cet enfemble eft un
corps qui appartient à chaque compatriote,
& auquel chaque compatriote appartient auffi ;

il ne peut fubfifter fans deux fortes de regles, qui, pour en confolider l'union, déterminent les droits refpectifs que les membres ont entr'eux, & la façon dont chacun
doit concourir à la confervation de la chofe
commune. Delà concluons, 1°. Que l'obfervation de ces regles qui tient à l'effence
de cette Société, devient une obligation indifpenfable & abfolue. 2°. Qu'on ne peut
pas manquer aux devoirs que ce corps, cette
chofe commune, exige de nous pour fa confervation, fans manquer à tous ; puifque tous
en font partie ; & qu'ainfi ces fortes de délits publics font les plus importans & les
plus repréhenfibles qui puiffent être commis
dans une Société.

X I V.

Après avoir parlé des devoirs indifpenfables & abfolus des hommes, comme membres de Société, il eft à propos d'expliquer
quels font ceux qui ne font que condition-
nels. Dans cette claffe nous plaçons d'abord
la contribution de nos biens, telle qu'elle
eft envifagée dans l'Article X ; mais fans entrer dans aucun détail, il fuffira de dire que

le bien général étant fait pour l'emporter fur le particulier, par la raifon que plufieurs font plus précieux qu'un feul, ou que le tout vaut plus que fa partie, c'eft toujours à cette confidération qu'il faut fe référer pour fe décider fur le choix, lorfqu'on ne peut pas les concilier tous deux. L'obligation même de ne point faire aux autres le mal que nous ne voudrions pas qui nous fût fait, ceffe toutes fois que ce mal devient néceffaire pour empêcher ou réparer une injuftice décidée. Nous devons penfer en cela que cette Loi a été établie pour développer la juftice, & non pour la détruire : on peut donc, par exemple, tuer celui qui veut nous ôter la vie, lorfqu'il n'eft pas poffible de faire autrement, & la réparation des crimes doit être pourfuivie, parce qu'elle eft d'un exemple utile à toute la Société, & que l'indulgence pour eux, en les multipliant, deviendroit un mal général.

X V.

La Société des Philadelphes tiendra toujours à celle des autres hommes, par l'obligation de leur être utiles : ainfi nous ne recevrons parmi nous que ceux dont les œuvres feront conformes aux maximes qui viennent d'être démontrées, & nous en excluons, comme gens inutiles, tous ceux qui font fans bien & fans aucuns talens ; mais en revanche la diverfité de Religion ne fera point un obftacle à la réception. Nous voulons au contraire que la pureté de nos mœurs foit aux yeux des Infidèles une preuve de la pureté de notre Foi, & qu'ainfi leur entrée dans notre Société foit comme le premier pas qu'ils faffent vers la Religion Chrétienne. Plaife au Ciel favorifer en cela nos projets !

X V I.

En confidérant maintenant la Société des Philadelphes, comme ifolée de la Société générale, nous voulons que toutes fes opérations intrinféques foient conformes à la fainteté de notre Loi, & nous en adoptons toutes les conféquences, autant que notre rapport forcé avec les autres hommes peut nous le permettre. Ainfi ce fera fur cette Loi que nous jugerons rigoureufement les Philadelphes.

XVII.

Nous ſuppoſons que tous ceux qui aſpire-
ront à entrer dans notre Société, y ſeront
engagés par un pur amour pour la vertu &
pour ceux qui la pratiquent. Cela poſé,
leurs cœurs nés pour être vertueux, en gens
libres & non en eſclaves, n'ont beſoin ni de
regles particulieres, ni de ſupérieurs pour
les faire obſerver. C'eſt à la vertu ſeule qu'ap-
partiendra le pouvoir de leur commander ;
& comme elle eſt définie dans notre Loi d'u-
ne maniere trop ſimple, trop lumineuſe,
pour qu'il ſoit poſſible de la méconnoître jamais, nous nous flattons que jamais auſſi ils
ne ceſſeront d'entendre ſa voix, & que dans
toutes les occaſions ils montreront pour elle
une ſoumiſſion d'autant plus méritoire qu'elle
ne tient rien de la contrainte, d'autant plus
active qu'elle eſt le fruit d'un amour réfléchi, d'autant plus convenable qu'elle eſt la
ſeule qu'elle éxige de nous.

XVIII.

De cette conſidération réſulte néceſſaire

ment l'égalité parfaite qui doit regner parmi les Philadelphes. Nous profcrivons donc pour toujours tout ce qui pourroit imprimer à quelqu'un des nôtres un caractere d'autorité qui le rendît fupérieur à fes freres. Nés pour être tous également libres, il n'y aura parmi nous aucune place d'honneur, que celle que la vertu pourra donner; & ces places feront dans nos cœurs : les plus vertueux feront les plus confidérés.

X I X.

Toutes les affaires de la Société feront décidées & regles à la pluralité des voix. Mais comme il eft certaines fonctions de détail qui ne peuvent pas être faites par tous les Freres à la fois, chacun en fera chargé tour à tour de trois mois en trois mois, fans qu'on puiffe s'en difpenfer, à moins qu'on n'y foit contraint par des raifons reconnues valables par la Société.

X X.

Quoique les biens des Philadelphes duffent être réellement en commun parmi eux, il

nous fuffit qu'ils en foient perfuadés , &
qu'ils les regardent comme de véritables biens
de communauté. La liberté qui doit accompagner la préférence qu'ils donneront à la
vertu , veut que nous leur laiffions à chacun
en particulier l'adminiftration & la jouiffance
de ces mêmes biens. Nous devons croire
qu'ils n'oublieront jamais ce qu'ils doivent
à leurs freres Philadelphes , & aux autres
hommes en général. En conféquence , nous
arrêtons qu'il fera nommé tous les ans deux
Tréforiers annuels dans chaque Philadelphie ,
pour recevoir les offrandes volontaires que
chacun de nous préfentera , pour fervir au
foulagement de ceux qui font dans le befoin.

X X I.

Sans chercher à établir des regles particulieres , nous nous croyons pourtant obligés
d'avertir les Freres , que notre intention eft
non-feulement de contribuer de nos biens
au foutien & au bien général de la Société ,
ainfi qu'il eft expliqué dans l'Article II , mais
encore de faire revivre parmi nous ce traité
de réciprocité dont il eft parlé dans l'Article X. Nous nous regarderons tous comme

obligés d'aider nos Freres autant que nous le
pourrons , de nous gêner même pour eux
dans les cas de néceffité , parce qu'en pareil
cas nous ferons bien-aifes , & nous aurons le
droit d'exiger qu'ils fe gênent pour nous.

XXII.

Nous déclarons que les fonds provenans des
offrandes , feront employés , partie à fecourir
les étrangers , parce que nous ne pouvons renoncer à leur être utiles ; partie à fubvenir
aux befoins de nos Freres, parce que c'eft
un des objets principaux de notre inftitution ;
partie encore pour être mis en réferve pour
faire face à tous les accidens qu'on peut craindre , parce que cette prévoyance eft une fuite
néceffaire de notre liaifon avec la Société
générale , de laquelle il n'eft pas poffible de
nous féparer. D'ailleurs les états de cette ré-
partition feront arrêtés à la pluralité des voix.

XXIII.

D'après le contenu en l'Article précédent ,
nous efpérons que les Philadelphes , moins
obligés de faire des réferves pour prévenir

les malheurs qui peuvent arriver, préfente-
ront des offrandes plus abondantes. Nous
nous réfervons auffi le droit de faire attention
tion aux dépenfes fuperflues dans lefquelles
ils pourroient tomber, ainfi qu'aux motifs
fecrets d'avarice ou d'ambition qui altére-
roient leurs charités. Toutes ces circonftances
concourant à diminuer les offrandes qu'on
doit naturellement attendre d'eux d'après la
fituation connue de leur fortune, nous pren-
drons des mefures fages & prudentes pour
tâcher de les ramener fraternellement à l'efprit de notre inftitution ; & dans le cas où ils
paroîtroient incorrigibles, ils feront retran-
chés de la Phjladelphie, fi le plus grand
nombre le décide ainfi.

X X I V.

Celui qui fera convaincu d'avoir manqué
à ce qu'il doit au Roi, à fa patrie, ou dans
des chofes effentielles à quelque homme que
ce foit, fera traité de la même maniere, &
féparé de nous, ou pour toujou;s, ou pour
un tems feulement, felon les circonftances :
nous exhortons nos Freres à les bien balancer. Ils obferveront à cet effet qu'il eft des

délits qui annoncent nécessairement un cœur
tellement gangréné, que le malade est sans
ressource, & qu'il faut le regarder comme
mort. Que celui-là soit donc retranché du
livre des vivans. Mais il est d'autres délits qui
né font, pour ainsi dire, que l'effet d'une
foiblesse momentanée, ou d'une vertu surprise endormie. Dans ce cas la faute n'est pas
si-tôt faite qu'elle est réparée, du moins par
l'aveu & le repentir : à peine est-on tombé,
qu'on se releve plus fort & plus en garde
que l'on n'étoit avant sa chûte. Tendons alors
une main secourable à un malheureux, qui
a plus besoin d'une consolation fraternelle
que d'une correction rigoureuse.

X X V.

Les Philadelphes ne tiendront à la Société
par aucun vœu : ils ne seroient pas plus liés
par leur vœu qu'ils le font déja par la Loi de
Dieu. Dès qu'ennuyés d'être vertueux, ils
voudront se retirer de notre Société, ils en
feront les maîtres; ils nous feront même
grand plaisir, attendu que ceux qui auront envie d'en fortir, ne feront plus propres à y
rester.

XXVI.

Enfin, comme les deux fexes font également obligés d'être vertueux, & qu'il n'y a
point d'états, point de conditions où l'on
n'ait la même obligation, tout le monde,
tant d'un fexe que d'un autre, pourra être
admis à poftuler dès l'age de 20 ans, afin de
prendre de bonne heure des leçons de vertu.
Mais la fougue & la légereté de la jeuneffe
exigent qu'on ne foit reçu Philadelphe qu'a-
près 25 ans accomplis.

A ces Reglemens nous en ajoutâmes beaucoup d'autres pour l'ordre des opérations de
notre Société, pour la forme des réceptions,
pour l'établiffement des différentes Philadel-
phies qui pourroient fe former ailleurs, pour
l'entretien d'une correfpondance fraternelle
entr'elles & avec la nôtre, pour certains dé-
tails de procédés ùtiles, quoique non effen-
tiels, pour régler nos affemblées, & en ba-
nir un cérémonial importun, qui n'eft point
fait pour des gens libres & égaux entr'eux.
Nous nous proposâmes fur-tout de faire regner parmi nous un commerce doux & fa-

cile, où l'inftruction fe trouvât jointe à l'a-
ménité, & qui par l'union fincere des cœurs
& des efprits, fût auffi agréable qu'utile, auffi
folide qu'intéreffant.

Rofwick & Richard qui n'avoient qu'une
modique penfion viagere, laifferent à la Société celle que je leur avois abandonnée.
Mon oncle offrit une contribution annuelle de
100 liv. fterlings, & moi une de cinquante.
Lorfque je fus obligé de quitter Londres,
nous avions déja affocié fix autres perfonnes,
parmi lefquelles il y en avoit qui contri-
buoient de quatre& cinq mille livres argent
de France.

Cette Société s'eft vue augmentée jufqu'au
nombre de 158 Profès. Nous fommes encore 52 cette préfente année 1705, tems où
je rédige ces Relations. Il eft vrai que nous
ferions un peu plus nombreux, fi nous n'a-
vions pas expulfé trois faux Freres : l'un
pour avoir débauché la femme de fon ami,
laquelle avoit été fage jufqu'alors : le fecond par fes intrigues & fes artifices, avoit
enlevé à deux perfonnes une entreprife avan-
tageufe dont ils étoient chargés depuis plufieurs années. Le trait nous a paru d'autant
plus noir, que parmi ceux qu'il a dépouil-

lés

lés , l'un étoit son parent , & l'autre son bien-
faiteur. Le troisiéme venoit de recevoir un
legs universel , qui étoit le fruit de ses com-
plaisances honteuses , de ses assiduités perfi-
des , des pratiques en un mot sourdes & té-
nébreuses , par le secours desquelles il avoit
conduit & exécuté le dessein d'envahir la
succession du défunt au préjudice des héri-
tiers naturels.

Je dois dire encore qu'un fort aimable
homme , qui nourrissoit chez lui 40 chevaux & 60 chiens , tandis que dix à douze
pauvres infirmes mouroient de faim à sa
porte , vient d'être rayé sur le tableau des
aspirans. Ce jugement a été suivi de deux
autres semblables : le premier , contre un
particulier fort riche , à qui le jeu coûtoit
un argent infini : le second , contre un Mi-
litaire , qui ayant obtenu par la protection
un poste au-dessus de son expérience & de
ses lumieres , avoit fait une manœuvre dans
laquelle un grand nombre de sa troupe étoit
périe mal-à-propos. Nous avons décidé que
l'orgueil , en lui faisant briguer ce nouveau
poste , l'avoit rendu coupable envers le Roi &
la patrie ; qu'il étoit responsable de la vie
de ceux qui lui avoient été confiés , & qu'il

n'aimoit ni les hommes ni fes devoirs, puifqu'il facrifioit les uns & les autres à une
fauſſe gloire qui le couvroit d'un opprobre
réel.

J'obſerve que depuis ce tems il ne s'eſt
préſenté aucun Récipiendaire. Peut-être auſſi
avons-nous été un peu décrédités par les difcours d'un Miniſtre Anglican qui a renoncé à
fe faire recevoir parmi nous, quoiqu'il en eût
témoigné beaucoup d'envie. L'eſpoir de fe donner un relief, & d'acquerir l'honneur de paroître ce qu'il n'étoit pas, lui avoit fait defirer
d'entrer dans notre Société. Il propoſa de lui-
même de nous aider d'une fomme de fix guinées par an. Mais comme nous favions qu'il
jouiſſoit de 600 livres ſterlings de rente en
biens d'Egliſe, outre un patrimoine fort honnête, qu'il avoit une maifon bien montée,
& une famille dont tous les membres étoient
plus qu'à leur aife, nous lui fîmes nos obfervations fur les obligations générales & communes à tous les hommes; nous appuyâmes
fur la nouvelle force qu'elles tiroient encore
des devoirs particuliers de fon état, & de la
nature des biens qu'il poſſédoit. Les conféquences qui en réfultoient lui firent fi grand-
peur, qu'il aima mieux quitter la partie. Il

nous a décriés par-tout. Il n'eſt point de pro-
menades, point de lieux, point d'aſſemblées
publiques où il n'ait publié que nous étions
des fripons, que nous avions voulu le dépouiller, ſans lui laiſſer même de quoi ſoutenir
ſon jeu ſelon ſa condition, enfin qu'il ne falloit point ſe fier à nous. Je ne ſai ſi ce ſont
ſes propos, ou tous ces événemens enſemble,
qui ont éloigné les converſions. Dieu ſoit
loüé ; ce n'eſt point à moi, chetive créature, à approfondir ſes décrets. Quoique les
Philadelphes ne rougiſſent point de l'être,
ils ſe font pourtant un principe de ne point
le publier : c'eſt ce qui fait que nous avons
entre nous un ſigne pour nous reconnoître ;
mais ſi je le diſois tout le monde le ſauroit.

Fin de la troiſiéme Partie.

N ij

ERRATA DU PREMIER VOLUME.

P Age 25 , *aux deux dernieres lignes*, prendroit, *lisez* , prendroit.

p. 31 , *lig.* 4 , ne put, *lisez* , ne peut.

p. 52 , *lig.* 22 , terres la concorde, *lisez* , de la concorde.

p. 59 , *lig.* 5 , truiffes, *lif.* fouches.

p. 75 , *lig.* 1 , *lif.* leurs plaifirs en font feulement moins vifs.

p. 81 , *l.* 9 , trau, *lif.* trou.

p. 100 , *l.* 24 , privé , *lif.* privés.

p. 104 , *l.* 5 , les cultiver , *lif.* le cultiver.

p 117 , *l.* 12 , *lif.* nous le reçûmes avec reconnoiffance.

p. 123 , *l.* 18 , la femme , *lif.* ta femme.

p. 127 , *l.* 1. permet , *lif.* permettent.

p. 142 , *l.* 8. compatiffante, *lif.* complaifante.

p. 127 , *l.* 5 , révolte , *lif.* récolte.

p. 156 , *l.* 26 , jufte qu'on lui , *lif.* qu'on les lui.

p. 162 , *l.* 12 , des biens, *lif.* de biens

p. 167 , *l.* 4 , confidérations, *lif.* décorations.

p. 168 , *l.* 22 , couvert, *lif.* couvertes.

p. 170 , *l.* 15 , au bout, *lif.* les bouts.

p. 179 , *l.* 17 , chaif , *lif.* chef.

p. 183 , *l.* 3 , nons , *lif.* nous.

p. 184 , *l.* 25 , lungue , *lif.* langue.

p. 281 , *l.* 20 , qu'elle exige , *lif.* que la vertu exige.